JINYOU SUOWU

金强 著

中国海洋大学出版社
·青岛·

今有所悟

图书在版编目（ＣＩＰ）数据

今有所悟 / 金强著. -- 青岛 : 中国海洋大学出版
社, 2020.10

ISBN 978-7-5670-2628-5

Ⅰ.①今⋯ Ⅱ.①金⋯ Ⅲ.①纪实文学—中国—当代
Ⅳ.①I25

中国版本图书馆CIP数据核字(2020)第207337号

出版发行　　中国海洋大学出版社
社　　　址　　青岛市香港东路23号　　邮政编码　　266071
出 版 人　　杨立敏
网　　　址　　http://pub.ouc.edu.cn
订购电话　　0532-82032573（传真）
责任编辑　　邓志科　　　　　　　　　电　　话　　0532-85901040
电子邮箱　　dengzhike@sohu.com
装帧设计　　祝玉华
印　　制　　青岛国彩印刷股份有限公司
版　　次　　2020年12月第1版
印　　次　　2020年12月第1次印刷
成品尺寸　　170mm×230mm
印　　张　　17.75
字　　数　　280千
印　　数　　1~1000
定　　价　　39.00元

发现印装质量问题，请致电0532-58700168，由印刷厂负责调换。

序

弟弟的《今有所悟》历经千锤百炼终于出炉，作为第一个读者，我深深地感受到她的份量和价值。

我与老弟有着太多的共同之处：在同一个家庭里，形成了大体相同的认知和性情；我俩都出生在青岛，在农村跟随祖辈度过童年，开始的工作都是秘书、都出版过图书等等。也许是由于这些难得的共同之处，在我俩之间，似乎有一种特殊的心灵感应，生发出许多共鸣。我们虽然身处南北两地，却常常在同一个时期想到同一件事情，不谋而合；常常在做同一类事情时，就同一个话题，保持着高频率的交流探讨。可以说，无论工作、家庭还是学习，我俩始终在广泛的领域保持着共同兴趣点。

如此说来，可能我是最有资格对这本书说些什么的人了。

感悟，来自于生活。一点思想的火花，一段深入的评说，其中精彩、深刻的领悟，来源于作者的生活，成为我们阅读和理解作品的注脚和线索。

一、大跨度生活空间，多岗位履职做事，老弟展开的人生宽度，为思想打开了视野。

不同的生活环境、生存空间会对人的思想产生不同的影响。总结老弟60年的人生轨迹，发现有一些特别之处：

一是环境变换多。他生在青岛，两岁到老家农村随爷爷奶奶和哥哥一起生活；4岁时爷爷去世，随奶奶回到青岛；6岁时因奶奶在北方生活不习惯，陪伴奶奶回到老家生活；10岁时奶奶因病去世，再从老家回到青岛。10岁时的他，已有两次"下乡"与两次"回城"的经历，实属不易。23岁，老弟为了照顾父母，舍弃7年的熟悉岗位，再次从青岛到回南方。

二是空间跨度大。从美丽繁华的海滨城市到一千多公里外偏远封闭的深山村落，悬殊的落差，频繁的移动，对于处在对外部世界、对人生初步认知期的少儿来讲，是多么不容易。然而，老弟却在持续不断的见识、比较、应对和适应中，开阔了视野，增强了适应力。恰恰是这种经历，给了他山里孩子所没有的视野与见识，也给了他城里小孩所缺失的坚毅与顽强。对此，老弟深有感慨地说："从小在大山与大海之间奔走，这使我的内心深处沉淀着山的性情与海的品格。"

三是岗位调动频。参加工作以后，两次进出公安局，两次进出检察院，两次进出政法委，并在地方党委秘书岗位上工作多年，长期在基层政法部门领导岗位上工作，最后又跨行从事经济管理。从1976年当交通警察开始，45年职业生涯，先后在三个城市的七个单位十个岗位履职，一次次被调离熟悉和胜任的岗位，到完全生疏的环境从头起步。能够想象，这里面包含了多少刻苦、努力和思考。可以肯定，思想的胞芽从这里萌发，感悟的序曲由此开始。

二、从马路交警到政法机关的领导，从初中生到学习之星，老弟以自身的刻苦努力不断增加人生的厚度，成为生长思想、培植观念的肥沃土壤。

弟弟的学生时期，恰逢"文革"，没有学到多少知识。当时的父亲对"文革"时期的学校教育失去信心，寄希望我们在工作中自学成才。1976年，是我们家庭发生重要转折的一年，父亲从部队转业回南方，我从知青点回城工作，而弟弟也是在这一年初中毕业当了交通警察。

我理解，人生的厚度需要积累，比如阅历的增加、知识的获取、精神产品的创作。说起弟弟高涨的学习热情，我分析是因为工作使他认识到知识的重要，而更深入地看，我更偏重于这是一种家庭文化的影响。在我们的先祖中，有位一生苦学的晚清举人，他饱读诗书，满腹经纶；我们的父亲，虽然小时家境贫寒，但酷爱读书，终身学习……

记得1970年祖母去世，父亲带着我们回青岛，好多东西带不走，但老弟还是带了许多学习用品，其中有一块很重、缺了一个角的砚台，我坚持不让他带，他硬是装到大衣口袋里带到青岛。他几乎把所有的业余时间都用到了学习上，从高中课程、单科专业到大学的中文、法律学科，他的文化知识快速增长，工作能力迅速提升。从感受知识的魅力，到着魔地学习钻研；知识积累到一定程度后产生"化学"反应，极大地充实和丰富了人生，学习、工作的成果丰富了人生的内涵。

老弟完成本科学历已经43岁，但他没有松懈，而是在工作实践的基础上开始了更加深入的耕耘。他结合在检察院分管反贪工作的实践，于2005年编著《反腐镜鉴录》，由中国检察出版社出版。2013年编著廉政教育读本《反腐警示录》，由中国长安出版社出版。

在主持政法委工作期间，他带领同事连续九年成功创建平安县。在职业生涯的最后几年，他调任当地供销社工作，致力构建城乡商贸服务体系，探索以区域快递联派联收为特色的物流配送"机场模式"，被列为全国供销总社现场会参观点，纳入全国邮政管理系统试点单位，还被当地政府作为"山区电商物流服务村村通工程"列入民生实事项目。

从北国到南方，从公安到检察，从政法部门到党委部门，从做跟班秘书到当基层领导，从组织办案协调各类案件到接触企业从事经济管理，从初中生到出版书籍的作者，老弟以自己特有的经历与努力，不断增添生活阅历，增加人生的厚度，拓展人生宽度，成为生长思想、培植观念的肥沃土壤。他于2007年被评为"绍兴县十佳学习型干部"，2009年被授予"绍兴市学习之星"荣誉称号。两个月前，我回老家太平山村，见到老弟因书写廉政读本、弘扬廉政文化而被村里作为清廉小故事展示出来。

三、通览全书，分析老弟心性修炼与思想成长的心路历程，展现出来的思想深度，为其人生感悟提供了深入发掘的空间。

从孩提时代的启蒙到深刻的思想产品，我看到了老弟不同寻常的发展轨迹。

在老家农村生活的6年时间，是他人性的启蒙、形成期。在这里，他经常跟着祖母和族人下地干活，进山砍柴，山里人的善良、淳朴和坚忍滋养了他幼小的心灵。在青岛前后生活、工作的17年，是他思想充实成长阶段。1983年至今在上虞、绍兴30多年，是思想的成熟、收获期，工作、学习和生活的感触不断地产生出来，又被他及时捕捉到、记录下。存在决定意识。丰富的生活、工作经历成为取之不尽的创作源泉，他的感性、觉悟与观点植根于丰厚的生活土壤，他的思维触角深入到基层的现实世界，他的人生感悟才得以发芽、生长、壮大。如果说，老弟40多年的工作成果与荣誉以及他先前的两本著作增加了人生的厚度，那么，这次出版的《今有所悟》则让我们看到了他的人生深度。老弟从不同的视角，向读者展示出他对生活的思考，对人生的感悟。

第一，家庭是生活的存在，是人生的载体。个体，来自于家庭，生活于家庭，归属于家庭。老弟对家庭的深入思考，对家人的深情表达，传达出他对家庭与人生之间关系的深刻认识。

老弟对家庭的深入思考，不仅表现在对家庭关系的论述和对子女的教育上面，他还以深入到精神赡养层面的实践与思考，回答了当今社会尊老爱老的热点问题，他用饱蘸对生活的热爱和对家人深情的墨水，书写出如山的父爱家教，似海的母子深情。特别是在《牵着母亲的手走》等文中，老弟以细腻的笔触，写出自己的内心感受："过石桥时，我回身看她。她的头只齐着我的肩膀，人显得矮小。她仰脸对我笑笑，没来由的笑。那一瞬间，一种温暖的柔情与凄凉的寒意同时从我心头升起。母亲果真是老了！那个曾经牵着我手走的温柔挺秀的母亲呢？那个扛起五十斤面粉抬腿就走的精力充沛的母亲呢？时光流逝，仍是两手相牵，却是完全不同的角色——时间都去哪了！"带着这样的心灵感应，作者不知不觉地走进了母亲的内心世界，他从中知晓了母亲的心路、经历和种种艰难不易，知道了她的所思所想、所需所盼。让他感到每周花一两个小时陪伴母亲是必需的规定动作。走进母亲的内心世界以后，陪母亲聊天成为发自内心的需求，一种来自心灵深处的召唤。这些从内心深处流露出来的文字，温馨、柔情之中却传导出震撼心灵的力量，撩拨天下子女的心弦。

家庭不仅是人生的来源，生活的港湾，她还是家族传承、后代延续的载体。立足于这样一个视角，老弟在《刘侍郎墓前的凝想》中，对家族文化的建设和传承进行了深入的思考：

孟子有句名言："君子之泽，五世而斩。"意思是说，君子想把家业代代相传，但子孙们坐享其成，不思进取，经过几代人就消耗殆尽了。为什么富者不能恒富，贵者不能恒贵？一个重要原因，那就是家族文化的缺失。孔子家族开创儒家之风，传承80余代，后代300多万人；钱氏家族，历朝历代皆有俊杰，近代出现人才井喷现象，追溯源头，与《钱氏家训》有极大关系；晚清时期的曾国藩，其后裔人才辈出，长盛不衰，与曾国藩"寒素、勤勉、笃学"家教理念密切相关。这些例子足以证明，"富不过三代""君子之泽，五世而斩"的判断也有不确切的地方。重大的社会动荡，可以使一个尊贵家族政治上失势、经济上破产，但只要保持文化上的优势，传承优良家风，这个家族就有机会重新振兴。家族文化，才是传承的灵魂！

第二，从人的活法说起，引入学习的人生与思考的人生的讨论，感知学习与思考是生活不可或缺的内容，是生命进化的养分，是丰富人生的内涵。

很别致，老弟对人生的研究是从人的不同活法开始的。人的活法：第一个层次，为生存而活着，终日为满足吃穿用等人的基本需求而忙碌奔波，处于金字塔底部；第二个层次，能够满足人的情感需求而体面地活着，有价值地活着；第三个层次，为了实现人生价值最大化活着，有信仰、有追求地活着，受人尊重地活着，这是一种超越自身需求的目标，是人生的最高境界。老弟推崇并践行第三种活法，他明白自己活着的目的，每天都有自己的事业和安排，并为此孜孜不倦地追求和奋斗。

读书和写作，不仅使人开阔视野，增加知识，还能活跃思想，训练思维，助生灵感。老弟对此有较深的体会，他在《诠释全神贯注》一文中写到：人是一个能量体：注意力在哪里能量就在哪里，能量在哪里成果就在哪里；一个人只有把心静下来，才能抵御各种干扰，摆脱网络与外界的诱惑，把自己的时间、精力和智慧凝聚到要做的事情上，从而最大限度地发挥积极性、主动性和创造力，把所做的事情做好、做精、做出彩来。

学习的人生需要倡导，然而，思考的人生则更为重要。思考是学习的后续，是学习的深入。人脑有140亿~160亿细胞，被开发利用的仅占十分之一。这么大的开发空间，不好好利用实在是可惜。老弟明白这个道理，他是一个善于思考的人。他认为，人们一直推崇勤奋学习、努力工作，但是，事实证明，一个人，一味地忙于学习与工作并不够，更重要的是要学会思考。正如孔子所言，"学而不思则罔"，人与人之间之所以存在能力强弱、贡献大小等差别，善不善于动脑思考是一个重要因素，故而不难理解，同样是苹果从树上掉下来，牛顿看了之后就发现了万有引力定律；同样是壶水开了，瓦特见了之后就发明了蒸汽机。

第三，人生的最高境界是心灵的净化和思想的升华，老弟站在这一高度上，围绕"修身养心"，巧妙地借古喻今，抒发内心的憧憬与向往。

生命的意义在于一种人生的化境。老弟在《人生的化境》一文中说，化境，是一种至高的境界，也是人们对精神境界成熟、自由和洒脱的期盼。"化境"并不虚无，并非高不可攀，一样东西学好了、做好了，将自身的学问、知识、本领、信条化为本能，化为生性，化为本色，化为爱好与习惯，化为快乐与内在要求，在自己置身的行业里自如游走，就真的进入了人生的自由王国，进入了人生的"化境"。

用孔子心与庄子气诠释修身养心的最高境界。在《老兄的孔子心与庄子气》一文中，老弟分析了代表两种不同人生哲学和不同生存状态的思想。孔子的大智慧陶冶身心，小则解决人生的各种问题和烦恼，大则成就自己人世的事业前程。庄子则相反，他主张"天人合一"和"清静无为"，以"无为自然"为本，避忌人为。庄子的思想超脱精微、深邃丰富。他冷眼观世的哲理，正是我们现在需要从现实困境解脱、为自己心灵寻找自由的一剂良方。如果我们以孔子的"修身齐家"务实执着，在庄子的超然洒脱、清静无为的思想里畅游的话，人的心境将会进入更高的境界，生命的乐章定会变得更加美妙动听。

生命的真正意义，不在于我们拥有多少财富，享受了多少时光，而在于我们从中悟到了多少人生的哲理，明白了多少做人的道理——这或许就是本书想传达给读者的最重要的内容。

金钢

2020 年 11 月写于青岛

金钢，1956 年出生于青岛市，高级政工师，研究生学历。1977 年进入青岛市对外贸易局，任局长办公室秘书。自 1986 年起，先后担任青岛市对外经济贸易委员会办公室副主任、国有外贸专业公司党委书记、总经理。现任青岛环太经济合作有限公司执行董事兼总经理，为中国管理科学研究院学术委员会特邀研究员。兼任中国对外承包工程商会理事，中国中日研修生协力机构理事，中国对外承包工程商会劳务合作行业发展委员会委员、国际劳务合作专家。从事国际人力资源合作事业 25 年，领导企业荣获"服务名牌"和"诚信建设 AAA 企业"等称号。笔耕不辍，先后发表论文 50 余篇，著述出版书籍多本。2013 年出版《中日技能实习生合作实务创新》，为行业内第一本国际劳务合作业务专著。

写给父亲的字

父亲又一新书即将付梓，嘱我作序。我又喜又惊，一时不知该如何应答。一般而言，序是长者作、德高望重者作，或至少也是与作者本人身份经历相近者作。而我为儿辈，怎能为父亲新书作序？后又想，这本书所述大都关于家庭，见证着我的青春岁月，更有着太多我们共同的美好回忆，能为此书开篇说一些话，总归是件幸福的事。故这些文字虽放在"序"的位置，却不是真正意义上的"序"，姑且称之为是女儿给父亲写的字吧。

书房的星空

这是父亲以个人名义正式出版的第三本书，前几本多是关于工作，而本书则大都有关真切的生活。这对于退休还不到一年、此前一直全身心投入于管理工作的父亲而言，确也是经年忙里偷闲而得的一壶佳酿。这壶佳酿的香醇与厚重，源于父亲每日早起写作、睡前阅读的好习惯。自我记事以来，父亲就极爱学习，或栖于稿纸上修改钻研，或沉于书卷中静心阅读。

书房是三楼的居室，近处树梢成景，常有凉风披拂，温柔翻动书页，书页上有墨香。暮色降临时，靛蓝夜色从窗口飘进来，书房会幻化出星空，星星和月亮在我们耳边私语。想起金圣叹对自己少时读书的回忆：临窗而读，每至春暮，书完日落，窗光苍然，几年如一日也……黄昏日落的意境难以言说，我们亦常常沉浸于日暮时分的苍茫意境中，感怀光阴如矢、流光易逝。在这个书房里，我与父亲有过许多对话，关于得失，关于取舍。从书中汲取的养分，厚重了我们之间的对话。而埋在我童年身心里的温润诗意，也在父亲和书本的陪伴中，撑开筋骨日复一日茁壮蓬勃。

高考结束后，我兴奋地向父亲规划自己即将到来的大学生活，大意是终于可以好好放松一下了。父亲没有多说什么，只是借木心先生的话提点我：大学之自由，是撒手让学生沉者自沉，浮者自浮。在这片草原上如何作为，可全靠自己了。顿觉惊醒！确实，从小学到初中到高中毕业，我们都有老师一旁的督促从而增长知识、获得教化，而大学则少了那样的约束。但学习是一辈子的事情，脱离了约束就更意味着要全权规划自己的学习生活。之后大学四年，我未曾懈怠，相继获得全国商科竞赛一等奖、雅思口语7.5等不错的成绩，毕业前多家优秀单位抛出橄榄枝。现在，我已参加工作将近十年，依然不认为工作是学习阶段的终止，只是另一种学习方式的开始。工作忙碌不是借口，时间就像海绵里的水，只要愿意，总能挤出来。

都说青年期是增长才智的时期，老年期则是运用才智的时期。但在父亲看来，年轻时习得的知识和技能并不足以应付当今瞬息万变的社会，所以他仍保持着对学习的热忱，并常对他唯一的孩子也就是我"虚心求教"并"不耻下问"。退休前后这些年，父亲陆陆续续学会了打理个人微信公众号，编辑电子图片，修复电脑故障，用淘宝购物，用支付宝电子乘车证乘坐公交，用携程规划自由行等各项生活技能。用父亲自己的话说，就是不仅要在过去的生活中找到自信与欣慰，更要在未来的生活中找到希望与目标。保持学习的热劲，才能如同被水滋养的植物，永葆生气。

人生适情耳

退休后，父亲在从前写作、阅读的基础上，往生活中充实了更多有营养的东西，比如约上好友二三，自驾长江洞庭湖一带；比如开辟"典眼看世界""可悦品人生"专栏，图文并茂地为两个外孙女留下美好的童年回忆；比如钟情于提升面点技术，常花费一下午甚至更多的时间打理馒头饺子……德国小说家黑塞曾中肯地写下对老年的期许：老年是人生的一个阶段，有自己的容颜，自己的氛围与温度，自己的哀与乐，也有责任把意义带给自己的人生。确实，当老人就和当年轻人一样，都是一件漂亮而神圣的事儿。年老年轻，固然有年龄之分，但更关键的是自我感觉。像父亲这样充满活力，视退休为人生第二开始，且积极规划践行，展现出江湖侠士一般的潇洒态度，与一个自觉衰老、钻入屋檐下琐事的人相比，其差异不言自明。

退休后的这段日子，对父亲而言可谓是白金级的：卸下了职场上的责任压力，收获了大把自由的时间，且保养得宜、身心尚健，正是重拾志趣的好时候，最重要的事莫过于创造愉悦。人之愉悦，源于内在富足，而非豪宅珍馐所赐。父亲生活简单质朴，不揣名表，不戴帽子，更不佩镀金饰物，尤不喜紧身的时装和贴身的牛仔裤，只有几套合身得体的简单衣裤。这可能跟父亲自小生长的军人家庭环境有关，常有机会穿上爷爷的旧军装，后来参加工作，有了自己的警察制服、检察制服，便更对那宽松舒适且庄重神圣的制服有了深深的情结。工作时着正装不用多说，节假日休息在家时也多穿没有领章、检徽的制服。制服下的身姿，一直是多年保持的挺拔笔正。

简朴的生活将带来舒适，规律的作息、适度的运动、清淡的饮食更能让精神安宁。这正应了东坡先生"无事以当贵，早请以当富，安步以当车，晚食以当肉"的养生秘方。父亲常跟我说，人到最后，都不过是睡一张床、吃一口饭的事，所以一定要努力去寻找真心喜爱的事做，并为之坚持。可以吃最简单的饭，穿最朴素的衣服，但要读最好的书，做最优质的思考，要有选择，也有敬畏地活着。

"醉乡路稳不妨行，但人生、要适情耳。"行于所当行，止于所当止，人生适情耳！

孝于所当时

七年前，爷爷去世，我的直系祖辈中，便只剩下奶奶一人。父亲心疼奶奶孤身，总想着要对奶奶更好一些，对老人家也比从前更为恭顺，从吃穿用度到陪伴倾听都是无微不至。父亲和奶奶有个约定，就是每周末去上虞看奶奶一次，基本任务是陪着老人家吃一顿饭，然后搀扶着奶奶沿曹娥江边散步，一边走一边做奶奶忠实的听众，听老人家絮絮地讲些家长里短、儿女情长，走累了就在江边的长椅上坐下休息一会儿，再顺着奶奶的话题接着讲关于子女成才、孙辈峥嵘的高兴事儿。春节期间，父亲照例把奶奶接到家里过年，在母亲的照料下度过了一个个简单而温馨的新春。奶奶喜欢出门呼吸新鲜空气，父亲便时常带着奶奶出门游玩。满头银发、拄着拐杖的奶奶，就这样在已有不少白发、但行路依然稳健的父亲的搀扶下，颤颤巍巍地走遍了绍兴所有大大小小的景点公园。近处杭州西溪湿地、宁波东钱湖等地也留下了父亲和奶奶的身影。

我成长于父母的悉心照料和温情陪伴中，也亲见并感动于父辈对祖辈的孝与顺。父亲用实际行动告诉我，不管是单位还是家庭，不管是当儿女还是当父亲，只要有心，一定都能平衡好。

三年前，我有了自己的孩子，初为人母的喜悦与哺育幼儿的不易让我更深切地感受到父母生养与栽培的恩情。让父母安享退休时光，既安其身，又安其心，是我而立之后的心愿和责任。

金莹

2020 年 12 月写于绍兴

目录
Contents

Chapter Two

第二辑

远方

Chapter Three

第三辑

知行

第一辑

我们

Chapter One

1988年国庆前夕，我与妻子在绍兴举行婚礼，第二年有了可爱的女儿。

　　我与妻子独立经营着自己的小家庭，并与双方亲属保持亲密联系。随着自身的发展、孩子的成长与家庭条件的改善，家中好事喜事连连，充满着温馨祥和的氛围。如今，女儿已找到理想的夫君，并且有了两个聪明可爱的宝宝，家里充满欢声笑语。

　　我与父母兄妹相聚时间不多，但浓浓的亲情和家族特有的文化将我们紧紧地联系在一起，引领全体家庭成员健康生活，进取有为，扮演不同的角色并担负应有的责任。

　　我将期间的温馨祥和、相互间的交流启迪，以及不经意间出现"小确幸"，真实地记录在本辑的文字之中。

演绎女儿的名字

演绎名字，其实就是演绎人生。只不过，林清玄演绎的路径是自己的姓名——自己的书名——自己的事业；而我演绎的路径是女儿的姓名——女儿的人生——我的全部寄托。

很早就读过林清玄的文章，那时只是觉得文字清新、灵性、细腻，加之"清玄"二字颇为脱俗出世，便以为是位气质清丽的女子。后来阅览，对这一芳名也是十分在意，每每读来，总觉有一道山泉缓缓流向心间，直到有一次不慎见到真人照片，才知心中倾慕的"女子"竟是比自己还要年长七岁的老兄。

尽管有些失望，但对这位林先生的文章却是由衷的崇拜——名如其人不好说，文如其名却觉得甚为贴切。

林清玄的经典散文，是以他名字命名的三部曲：《林泉》《清欢》和《玄想》。

这是一种怎样的智慧，又是一种怎样的执着：将自己的姓名一一拆开，组词林泉、清欢和玄想，形成独特的写作视角；再循着这特有的视角，来感知这个世界，感知这个世界的自然与人生，然后用自己手中的笔记录下来……他用自己的笔，不，是心，创造着一个自然的清欢世界、诗意的林泉世界、奇妙的玄想世界。这一个个世界汇集到一起，形成了一个属于林清玄自己的全新世界。整日在一个自己创造的奇特精神世界里遨游，那是何等洒脱，何等惬意，又是何等的令人神往……

林清玄——真是做足了自己名字的文章，他一生都在做自己名字的文章，他将自己的名字演绎得淋漓尽致。

我也喜欢演绎名字——从女儿出生后取名字开始。

记得女儿呱呱坠地的时候，妻问我给宝宝取个什么名字。我查证思考之后说：就叫金莹吧！妻当时连连摇头，说"莹"字取名太多，俗。我沉住气说："莹"字虽平些，但同你夫君的"金"姓搭配，就不同凡响了。

我说，父母对孩子通常寄予厚望。如果孩子的名字能蕴含父母的期望，那就是一个好名；而取名金莹，恰恰可以寄托我们的这种期望。

望着妻子期待的目光，我开始演绎女儿的名字。我说，我对女儿有四方面的期望，都是通过"金莹"的谐音来体现的：晶莹，即明亮透彻，这是对女儿做人的期望，期盼她像早上的露珠那样纯洁可爱，不要染上坏习气；经营，即筹划管理，这是对女儿能力的期望，希望她长大后有立世之本，懂得经营财务、经营市场、经营人才、经营人生，不要眼高手低；精英，即精华，这是对女儿成就的期望，愿她学有所成，事有所成，将来能出类拔萃，不致一生庸碌无为；金银，即财产，这是对女儿财富的期望，指望她通过自身努力，得到令人羡慕、收入颇丰的职业，具备优越的物质条件。我还突发奇想，根据女儿名字的四个谐音，畅想成立金莹发展总公司，下设四个分公司：金银交易分公司、晶莹珠宝分公司、经营筹划分公司，精英荟萃分公司。

妻当时笑了。女儿的名字就这样定下来了。

在我看来，孩子的成长方向，在很大程度上取决于父母的期望，你

今有所悟

期望孩子成为一个什么样的人，孩子就可能成为一个什么样的人。其实，我倒并不怎么期望金莹成为什么精英，什么才女，也不期望金莹拥有多少财富，多少金银。我常常对女儿说，我最最期望的，是我的宝贝拥有一颗晶

女儿在机关幼儿园

莹剔透的心，善良、美丽，富有涵养、爱心，能够体味幸福人生。这，就足够了！

　　林清玄将自己的名字演绎得十分成功，成功的例证是以他名字命名的畅销三部曲。

　　我对女儿名字的演绎也是煞费苦心：我在字面上演绎、穷尽了女儿名字的谐音之后，把女儿"拥有一颗晶莹剔透的心，善良、美丽，富有涵养、爱心，能够体味幸福人生"作为终极目标。为此，我注重与她思想交流，引导她认清自己的天赋，坚持自己的爱好，并时常通过细小具体的事物，启发她观察、思考、感悟，将我的思想情感和秉性习惯融入对她的言传身教之中。到几年前女儿出嫁时，我整整记录了六本女儿的成长日记……

　　令我万般欣喜的是，金莹传承了我的思想精神，以其独特视角和包含辩证的独到见解，悉心领悟身边所发生的一切，一一写进她的日记和文章，并且注入血液，融入精神，体现在她的学习与日常生活中。

　　演绎名字，其实就是演绎人生。只不过，林清玄演绎的路径是自己的姓名——自己的书名——自己的事业；而我演绎的路径是女儿的姓名——女儿的人生——我的全部寄托。

第一辑　我们

女儿正沿着我所期望的方向继续"演绎"着自己名字、自己的人生。她已经拥有一颗晶莹剔透的心，善良、美丽，富有涵养、爱心；她还积极、求知、进取，充满正能量。她，正在体味幸福人生！

2010年1月

今有所悟

兄长的特殊礼物

唯有专注好学，踏实干好每一天的每一件事情，才能日有所得，采集到自己想要的东西，并时常收获超出预期的成果与喜悦——我将天道酬勤作为自己的座右铭。

前几天我过50岁生日，胞兄金钢送来一件特殊的礼物：一只精美的大瓷盘，盘面印有我不同时期的五幅照片，下方像是一幅对联：五十年人生佳境美德如金，知天命心灵感悟勤奋图强，辞后用"天道酬勤"印款。

兄长送我的生日礼物

我十分喜欢这份礼物——不仅是因为它精致优美，更是因为其中倾注了兄长的心智与心血，也凝聚了我们兄弟俩多年共同生活形成的深厚情谊。

兄长对盘面五幅照片的选择别具匠心。第一幅照片是幼年时期：从全家福照片中选取，那时我四周岁，站在祖母身边，笑容可掬，满脸阳光稚气，充满对未来的期待憧憬。第二幅照片是少年时期：我读初中时所照，身着父亲的旧军装。曾有人评价：绽放的笑容特别干净质朴。女儿读高中时曾从我的相册里取走这张照片给同学看，其中一位女同学看后对女儿说：我要是早出生20年一定去追你老爸了。第三幅照片是青年时期：我做交警执勤时所照。照片上的我头戴佩有国徽的大沿帽，身着上白下蓝警服，手持红白相间指挥棒，站在繁华的中山路上指挥交通。这是当年青岛市公安局交警执勤标兵形象照。第四幅照片是我结婚十周年的纪念照。家庭稳定幸福，事业开始起步，脸上洋溢着满足与幸福。最后一幅照片是我在副检察长岗位上的职业照，身着深蓝制服，胸前佩戴国徽，显得成熟而自信。

兄长写的对联也很有特色：借用中国画款题的格式，在画面下方落款点题：

上联：五十年人生佳境美德如金——是讲人生五十载，进入家庭生活和工作事业的佳境，靠的是黄金一样的美德（此乃兄长溢美之词，吾距"美德"甚远）。

下联：知天命心灵感悟勤奋图强——是说天命之年达到的心灵境界才学人品，凭自身的勤奋努力而由弱变强。

兄长说，这副对联是对我五十年人生的概括。

细细品味，我发现这上下联颇有玄妙之处："五十年"对"知天命"；"人生佳境"对"心灵感悟"，前者是生活、事业等物质世界方面，后者为心智、思想等精神世界方面；"美德如金"对"勤奋图强"，前者是对待人处事品德的肯定，后者是对奋发向上精神的褒奖。而嵌尾两字，上下观之便是我的名字"金强"，可谓精巧独到。

而真正的点睛之笔是对联后面的款识——"天道酬勤"，这是对我性格特征的真实写照。

我查证了一下："天道酬勤"取典于《尚书》。"天道"即"天意"，"酬"即酬谢、厚报，"勤"即勤奋、敬业。就是说，天意厚报那些勤奋的人。它告诉人们：多一分耕耘，便多一分收获，只要付出了足够的努力，必定会得到相应的收获，昭示勤奋逆转人生的真谛。

联想自己，没有读过正规大学，也不属于聪慧灵巧之人，但是通过几十年不间断的努力学习，以勤补拙，我取得了相应学历，并在工作实践中逐渐形成了作为基层干部应有的理性思维、统筹协调与谋划决策等基本素养，扎实做好自己的岗位工作，并且出版了两本自己编著的书籍。这些不都是上天对我勤奋付出所给予的丰厚回报吗？我知道，并不是所有的坚持都有惊艳的时光，但如果没有坚持，一切开始都没有意义——辛勤付出并长期坚持，才能有所收获。我请书法家写下"天道酬勤"，制成横匾，悬挂于办公桌对面。

我时常面对"天道酬勤"的横匾凝思：天道酬勤，是聚精会神的投入，是精益求精的渗透，是一心一意的深入，是坚持到底的追求。其实，上天对每个人都是公平的——唯有专注好学，踏实做好每一天的每一件事情，才能日有所得，采集到自己想要的东西，并时常收获超出预期的成果与喜悦。

我将天道酬勤作为自己的座右铭。

2010年4月

最美的女儿

如果评选最美的女儿，我的这位五十多岁的小妹应是当之无愧。在我的心中，"最美"是一片纯真的感人情怀，"最美"是一种不朽的精神传承，"最美"是人性美的最好诠释。

国庆节这天，我和兄长金钢、妹妹金芳三人在上虞宾馆为父亲九十大寿举办庆典活动。整体活动由兄长金钢主持：播放庆典主题片《金荣超九十回瞻》，三个孙辈分别敬献鲜花、寿桃和蛋糕，照全家福；寿宴开始以后，女儿金莹主持节目并发表感言。

庆典结束了，我的思绪却久久难以平静。这次活动，带给我的触点实在太多：父亲走过九十年人生不容易；父母相濡以沫六十年不容易；兄长制作浓缩父亲九十年人生历程的贺寿片不容易；孙辈个个优秀并拥有称心职业不容易……

我的胞妹金芳

处理完寿宴的后续事务，我回到家中。父亲大概是累了，躺在床上，但精神还处在兴奋之中；妹妹金芳坐在床头，在同父亲讲些什么。忽然，我听见妹妹唱起了歌，是刚才寿宴上妹妹唱过的《红灯记》中李铁梅的唱段《光辉照儿永向前》。我走进父亲的房间，看见父亲弱弱地依在床上，脸上却洋溢着幸福的笑容；妹妹俯着身子在父亲耳边唱歌，一曲唱完，父亲还要听，便又接着唱……

这是一个多么感人的画面啊：五十二岁的女儿给九十岁的父亲唱歌——这画面定格在我的心里，激起我无限的遐思。

妹妹喜歌善舞，小时尤其喜欢唱京剧，父亲也最爱听妹妹唱京剧，其中唱得最多的便是这段《光辉照儿永向前》。父亲曾说，头痛的时候只要听女儿唱歌头就不痛了。我还记得妹妹的一些往事：上小学时在班里领唱，读大学时在学生中领舞，工作以后是单位和所在九三学社文艺汇演的台柱子，还获得2012中国瑜伽体位大上海赛区第一名、全国总决赛第二名。

妹妹不仅歌声美、体形美，心灵更美。多年来，我们兄妹三人各居一方：兄在青岛，我在绍兴，只有妹妹在上虞老家陪伴父母。兄长与我都有孝思，力行孝道，但与妹妹相比，还是自愧不如。妹妹医科大学毕业，是上虞人民医院的呼吸内科主任、专家医生，平日工作十分繁忙。但不管多忙，每天

妹妹的瑜伽具有专业水准

看望父母是她必不可少的规定动作，雷打不动，风雨无阻。特别是近年来父亲衰老加快，身体经常出状况，妹妹更是时刻挂在心上：该吃什么药、什么时候吃药、何时更换药品、如何调整药量……父母一有头疼脑热、身体不适，妹妹总能及时赶到，打针、吃药、拔罐，甚至把病房搬到家里，可谓无微不至。

我想起这些年关于"最美"的新闻：最美教师、最美司机、最美护士、最美警察……这些"最美"之人以其细微平实的行动，展现了人性中最质朴的真与善，存续和光大了我们社会的核心价值与道德精神，以润物无声的方式温暖了社会、感动了人们，为全社会提供了真实的公民道德样本。家庭是社会的最基本单位，在人口老龄化日益突出的今天，家庭养老仍然是最基本的形式。我听到、看到过许多默默无闻的爱老、养老的儿女们，他（她）们用实际行动诠释了中华民族的孝德文化，展现了真善美，他们当中有我们社会推崇的"最美"。

我想，如果评选最美的女儿，我的这位五十多岁的小妹应是当之无愧。大爱无言，大美无形。对于最美的诠释，不同的人会给出不同的答案。在我的心中，"最美"是一片纯真的感人情怀，"最美"是一种不朽的精神传承，"最美"是人性美的最好诠释。

我的耳边仿佛又响起了妹妹的京剧唱段《光辉照儿永向前》——

爹爹给我无价宝\光辉照儿永向前\爹爹的品德传给我\儿脚跟站稳如磐石坚\爹爹的智慧传给我\儿心明眼亮永不受欺瞒\爹爹的胆量传给我\儿敢与豺狼虎豹来周旋\家传的红灯有一盏\爹爹呀\你的财宝车儿载船儿装\千车也载不尽\万船也装不完\铁梅我定要把它好好保留在身边

父亲早年投身抗战、解放事业，到了晚年仍一心奉献社会，曾被评为绍兴市首届"十佳市民"。我想，妹妹之所以特别喜欢唱这首歌，正是因为她传承了父亲的美德与精神；而父亲之所以特别喜欢听这首歌，也是因为儿女继承了自己的思想精髓，成长为对国家和社会有用的人。

原来，最美的女儿源于最美的父亲！

2013年10月

父爱如山

四十年前与父母分别的时候，父母最担心的是我们跟不正经的人学坏，最关注的是我们业余时间干什么，最重视的是要我们养成好的作风与习惯。于是，父亲在临行前把对我们两兄弟的希望和要求归纳为五条，作为"父母临别嘱咐"贴在墙上，让我们严格执行。

忘不了那个冰冷的凌晨，急促的电话铃声把我从沉睡中唤醒，妹妹告诉我：父亲病危。我和妻子赶到医院时，父亲已经停止了呼吸。

在遗体告别仪式上，父亲身上覆盖党旗，上虞市人大常委会领导介绍生平，各式花圈从灵堂摆到庭园，整个场景布置肃穆而又隆重。仪式完成后，市里一位领导感慨地说：金老的人生是成功的！

这位领导的评价得到大家认同，同时也引起我的深思。我在想：人的一生怎样才算成功？成功学家卡尔博士说过这样一段话："成功意味着许多美好积极的事物。成功意味着个人的兴隆：享有好的住宅、假期、旅行、新奇的事物、经济保障，以及使你的小孩能享有最优厚的条件。成功意味着能获得赞美：拥有领导权，并且在职业与社交圈中赢得别人的尊宠。成功意味着自由：免于各种的烦恼、恐惧、挫折与失败的自由。成功意味着自重：能追求生命中更大的快乐和满足，也能为那些赖你为生的人做更多的事情。"

是的，以上诸多美好积极的事物都是成功的集中表现。但是，对于父亲而言，成功似乎并不是这些。父亲最大的成功在于对子女的教育，包括对自己子女的教育，也包括对他人子女的教育，父亲也因此被评为绍兴市和上虞市的首届双十佳市民。

1976年，我中学毕业进入青岛市公安局工作，哥哥从知青组回城就业。恰在此时，父亲从

1976年全家合影留念

部队转业，准备带母亲和妹妹回老家上虞，而把我们兄弟俩留在青岛。临行前，父亲最后一次穿上军装，带着我们照全家福。当时，我刚刚入伍穿上警服，意气风发，妹妹也很开心，哥哥似乎有些心事，而父母此时则显得忧心忡忡。

那年，我十六岁，哥哥二十岁，都是初中文化底子，都处在不太安分的年龄，对于我们兄弟俩在青岛独立生活，父母是不放心的。父母最担心的是怕我们跟不正经的人学坏，最关注的是我们业余时间干什么，最重视的是要我们养成好的作风与习惯。于是，父亲在临行前把对我们两兄弟的希望和要求归纳为五条，作为"父母临别嘱咐"贴在墙上，让我们严格执行。

父母临别嘱咐

在离开父母独立生活的头三年，要特别注意养成好的作风与习惯。

一、除了在正式工作学习时间，学好马列毛泽东思想和业务技术，做好革命工作外，还必须正确利用好业余时间。要用业余时间学习政治，读书看报，写日记，学业务技术；要搞好家务劳动并搞好同志朋友间的互相帮助；也要进行文体活动，看电影等。要保证睡眠八小时。

二、要学习、学习再学习。年轻人一定要好学上进，否则将成为糊涂人、无用人，甚至陷入资产阶级、特务、坏人、流氓的圈套。一定要使自己成为有无产阶级政治灵魂的人，在业务技术上要精益求精，甚至有科学地创新。学习要有计划有重点。

三、要勤俭持家。衣被要及时洗，尤其是换季的衣被更要洗得干净，晒得很干，收藏好。家里要干干净净，膳食更要卫生，有些衣、鞋、袜要自己补。用钱、用粮要有计划。出门闩好窗，锁好门，保管好钥匙。

四、经常进行体育锻炼，打球、单双杠、游泳等。不提倡打扑克、吸烟、喝酒、进饭馆、讲究穿着。

五、生活要有规律，按时作息。反对晚上吹牛有牛劲，早晨懒起误事情。

今
有
所
悟

父亲对这五条很看重，经常来信督查执行情况。一位邻居叔叔对此不以为然，认为我们两兄弟品质好，能管好自己，戏言五条"临别嘱咐"是"紧箍咒"，没有必要。其实，父亲的"临别嘱咐"是完全必要的。当时"文革"刚结束，多数年轻人不爱学习，文化程度普遍很低；不久国家实行改革开放，外面的诱惑很多。在这种情况下，对思想尚未成熟的我们兄弟俩来说，有一个严格的行为规范约束我们很有必要。对我们两兄弟来说，父母的"临别嘱咐"就是最高指示，有时我俩也会出现放松和放肆的念头，但一想到父亲的五条，便立马打消了；从这个角度讲，说"临别嘱咐"五条是"紧箍咒"也不无道理，只是我们的执行完全靠自觉，不是靠唐僧式的"念经"。

父亲还不断通过书信与我们交流。他以三十多年军旅生涯造就的人生价值观，通过言教、身教，教导我们做人做事，使我们事业有成。

兄长金钢自1972年开始就没有跟父亲在一起生活，然而，父亲却以书信这种特殊的方式，教育自己的孩子健康成长。这四十多年时间，从"文革"初中生到研究生，从农村知识青年到国际合作公司的领导，其中的知识积累、能力提高与思想进步，无一不渗透着父亲的关爱和教育。对此，兄长曾深情地说："父亲，是对我的人生、对我的思想影响最大的一个人，是父亲几十年孜孜不倦的教育培养奠定了我的世界观、人生观的基础。"

20世纪末，我担任基层检察院副检察长，分管反贪办案，可以直接签署拘留、逮捕等刑事法律文书；兄长当时已是国企的一把手领导，能够调动使用几个亿的资金，能够决定几千万进出口合同的签订。正在我们兄弟俩自我感觉良好的时候，父亲及时写信给我们敲响了警钟，告诫我们："权力是一柄双刃剑！""政治就是多数人的利益，为干部者就是为多数人谋利。""干部要经得起关关考验是不易的，如生死关、美色关、金钱关，当前的市场经济，改革开放，同样是考验是关口。"同时，父亲还列举了许多反面例子进一步教育我们。

七年前，兄长从父亲的227封家书中选出58封，分为五个篇章：思想作风篇——父亲教我们如何做人；工作学习篇——父亲教我们如何做事；婚姻家庭篇——父亲教我们如何生活；教子理念篇——父亲理

兄长写的父亲教子书籍

想信念铸造我们人生价值；楷模身教篇——父亲人生历程激励我们奋进。兄长将这五个篇章整理成册，写成《家书中的家教秘诀——金荣超教子录》出版发行，被媒体称为"现代版曾国藩家书"。

父亲的来信，是用饱蘸爱心的笔写就的。父亲在1980年的一封信说："我给你们写这些内容，其动力来自父子感情，总希望你们工作顺利更顺利，尽量少走弯路。同时我两袖清风，家中无甚东西好传给下一代，只有这种不值钱的思想和作风与你们说说罢了。"

在父亲的检查督促和我们自己的不懈努力下，我们不断求知、进取，并逐渐内化成一种自觉的行为准则和健康向上的生活方式。正是在这种行为规范的指导下，我们兄弟俩能顶住诱惑，一门心思地学习、工作，从普通的初中生成长为能够著书立说、并领导一帮人为国家和社会做有益事情的人。妹妹一直跟随父母身边，接受教育熏陶更多、更直接，因此同样优秀，她是当地人民医院专业科室的负责人和专家医生。

我知道，如今我们兄妹三人能够在平凡的岗位上为国家和社会做一些有意义的事情，最根本的是因为我们具备了立身处世的基本要素：正直、善良、忠诚、求知，以及对事业的孜孜以求和表现在工作上的废寝忘食；而我们的这些品行，正是父亲几十年来通过书信和面对面言传身教的持续影响所"染"成的。父亲的德行和教育是留给我们子女的最好遗产。父亲对我们的教育是成功的，但是在这教育的背后，却是深深的爱，一种不同于母爱的特别的爱。

想起一首诗，表达了我此时的心声：

父爱，谁不说它威严，难比母爱情意绵绵。

母爱里有催眠曲，使我觉香梦甜；父爱里却有训斥声，使我不敢消闲。

母爱里有小香槟，使我身舒心欢；父爱里却有烈性酒，使我胆气冲天。

母爱像习习柔风，轻轻抚我双肩；父爱却像呼啸的劲风，鼓我心上的征帆。

母爱像涓涓细流，点滴润我心田；父爱却像轰鸣的瀑布，激我心中的狂澜。

母爱里有大地的温情，父爱里却有苍天的尊严。

是的，父爱是威严的，父爱里有训斥声、有烈性酒、有苍天的尊严。在我遇到困难的时候，他给我力量；在我犹豫彷徨的时候，他给我方向；在我失意迷惘的时候，他给我信心；在我进步成长时，他在给我祝贺的同时，也时常给我严厉的警示。

父爱，是一座支撑我整个人生的大山——父爱如山！

2013年12月

晨露莹心

作为书名，"晨露莹心"是偏正句型，是指晨露之莹心，晨露是对莹心的一种解读与说明；而如今"晨露莹心"演变成婚礼主题之后，句型便由偏正式演化成为并列式，主角也由女儿一人变成了女儿与女婿两人。

女儿结婚了。婚礼隆重而热烈，其中最大的亮点是与众不同的婚礼主题。

婚礼开始后，主持人作了一番特别的介绍：

我们今天的婚礼主题是"晨露莹心"。"晨"，取自于男孩晨晖之名；"莹"，取自于姑娘金莹之名。而这主题的神奇之处在于，它是姑娘年少时编著文集的书名，尽管那时姑娘与男孩并未相识。然而"晨露莹心"这当年无意中写就的书名，像一根红线，将两颗年轻而相爱的心轻轻柔柔地牵引在了一起。

望着台上漂亮的女儿和帅气的女婿，我的心底涌起一种别样的情感——嫁女儿时父亲都会滋生的那种甜甜酸酸说不清道不明的复杂情感。

我想起了那本由我取名的《晨露莹心》。

那是六年前女儿高考结束后的日子，女儿如释重负，我也感到前所

我和妻子、女儿在婚礼现场

未有的轻松。我思考着如何利用女儿入学前的几个月空闲时间，做一件有意义的事。我发现书架上一本粗糙的合订本，那是女儿小学时期的作文集子。自读中学以后，因为功课紧张，便写得不多了。我取下仔细翻阅这些旧日的文章，回忆起女儿小时候的点点滴滴。

从女儿懂事起，我便十分注重与她的思想交流，时常通过细小具体的事物，引导她观察、思考、感悟，把我的思想情感、秉性习惯以及人生追求融入到对她的言传身教之中……在潜移默化中，金莹逐渐养成了思考的习惯，悉心领悟身边所发生的一切，并且一一写进她的日记和作文之中，其中有对老师同学的评价，有对自身成长的思考，有对生活启示的记录，有对身边事物的反思，还有对生活真谛的探寻……我决定与女儿一起，把这些散落在记忆长河中的"珍珠"一一拾起，串成一支熠熠生辉的"项链"——编印一本女儿小学期间作文日记的书。

我同女儿进行了分工：女儿整理修改文章，我负责集子的综合工作。

我把集子取名为"晨露莹心"。我理解，晨，一日之晨，是人生的童年阶段；露，草尖之露，乃日月之精华，纯洁无瑕；莹心，取自女儿名字，乃晶莹剔透之心灵。"晨露莹心"，寓意的是一个纯真少女降临后对世

晨露莹心

金莹·著

2008年印刷的女儿作文集

人、世事、世物的真实感悟。

我作了精心的封面设计：先把书名"晨露莹心"定格在封面上方，横向排列，其下方设计一个与之相配的恰当图形。我从网上搜索精选出一颗晶莹剔透的漂亮露珠，将其放大；然后，从金莹的诸多照片中选取一张八岁时身穿白色连衣裙、背手骑在金鱼上的照片，嵌入放大的露珠之中。端详玩味，还真有点圣洁小仙女乘红鱼飘然飞天的效果。

我精心选取十几张具有代表意义的精美照片，有孤芳自赏的单照，有同父母长辈兄弟的合影，并注以不同的文字说明：和爸妈在一起的感觉真好；那时很淘气；童真无邪；同醉花香；其乐融融。我的一位朋友看后说，期间弥漫的全是亲情和温馨，皆为精品，甚是养眼。

《晨露莹心》编印出来以后，效果甚好：封面精致，照片精美，文字精练，同事和亲友们纷纷前来索要，不少小学生将其奉为作文样本……

我的思绪回到婚礼现场。

舞台上出现屏幕与现场互动的场景：在初日东升、晨光明媚的美妙时刻，一对新人撷取了一颗颗通透温软的露珠……一位伴娘手捧养有水培植物的玻璃器走上舞台，另两位伴娘手持装有露水的长颈瓶跟随其后；新郎新娘接过长颈瓶，将其中的露水共同浇灌只属于他们自己的爱的植物……大屏上出现"露珠从叶间滑落跌入水中变成钻戒"的视频……新郎和新娘从水中取出这枚由露珠幻化而成的钻戒，分别为对方戴上，两位新人交换戒指，拥抱亲吻……

望着台上这对幸福的新人，想起了当年我给《晨露莹心》集子所作的序。在序里，我把对女儿的期望通过"金莹"的谐音晶莹、经营、精英、金银来体现，最后我特别强调：其实，我并不怎么期望金莹成为什么精英，什么才女，也不期望金莹拥有多少财富，多少金银。我最最期望的是，金莹拥有一颗晶莹剔透的心，善良、美丽，富有涵养、爱心，能够体味幸福人生。这，就足够了！

望到台上的女儿金莹，我感到特别欣慰：眼前的女儿正如我所期望的样子：拥有一颗晶莹剔透的心，善良、美丽，富有涵养、爱心，与自己心爱的男孩组成家庭，体味着幸福人生！

望着女儿身边的女婿晨晖，想起当初我对《晨露莹心》"晨露"的解读：晨，一日之晨，是人生的童年阶段；露，草尖之露，乃日月之精华，纯洁无暇。作为书名，"晨露莹心"是偏正句型，是指晨露之莹心，晨露是对莹心的一种解读与说明；而如今"晨露莹心"演变成婚礼主题之后，句型便由偏正式演化成为并列式，主角也由女儿一人变成了女儿与女婿两人。

我忽然滋生出一种"自己挺伟大"的感觉：我在六年之前无意中确定的女儿书名，竟然蕴含了女婿的名字，并且成为今天女儿与女婿婚礼的主题。而我的这个女婿，恰恰是我的同乡，恰恰从事我曾经从事过的反贪工作，而又与我共同书写出版了反贪题材的廉政警示教材《反腐警示录》。

这是天定的良缘！

我轻轻地笑了。我仿佛觉得，这笑意正顺着我的神经与血液，渗透到了我身体的每一个细胞末梢。

2014年3月

牵着母亲的手走

　　春节前夕，我把母亲从上虞接到绍兴，谢绝所有的应酬活动，专心陪伴母亲，牵母亲走，听母亲说，陪母亲坐，让母亲更多地从亲情交流中感受精神上的满足。

　　春节前几天，我把母亲从上虞接到绍兴。

　　一年前父亲走了以后，母亲多由妹妹和阿姨照顾，现在阿姨要回家过年，妹妹也辛苦了一年，兄长又远在外地，春节前便把母亲接到我的家里。我谢绝所有的应酬活动，专心陪伴母亲。

　　如何让母亲开心呢？还是先带着母亲走走吧，去母亲没有去过的地方。

　　大年三十，妻子在家里做饭，我带母亲在附近几个公园游走；正月初一，带母亲去女儿工作的王坛镇东村赏梅，晚上乘游艇沿环城河观夜景；初二带母亲去镜湖湿地公园；初三把妹妹和外甥叫来坐在一起包饺子拉家

我和母亲

常……

外出时，母亲走路很慢，时而有些摇晃。于是，我牵着母亲的手行走。头天到小区附近的公园，我平时走十几分钟的路，与母亲走走停停，竟然用了一个多小时。

母亲一直把手乖乖地放在我的手心里。她不看方向，不辨路径，任我带着她东南西北地行走。过石桥时，我回身看她。她的头只齐着我的肩膀，人显得矮

母亲年轻的时候

小。她仰脸对我笑笑，没来由的笑。那一瞬间，一种温暖的柔情与凄凉的寒意同时从我心头升起。母亲果真是老了！那个曾经牵着我手走的温柔挺秀的母亲呢？那个扛起五十斤面粉抬腿就走的精力充沛的母亲呢？时光流逝，仍是两手相牵，却已是完全不同的角色——时间去哪了！

我想，子女大概只有在回眸的时候，才看得见父母日渐蹒跚的身影吧？时间，真是一个残酷的魔术师！

我想起一首歌，题目就叫"牵着妈妈的手"：

妈妈在前头 我跟在后

小鸟依依 蹒跚而步

走出了家门

走过那喧闹的马路

如今又牵着妈妈的手

紧紧的牵住不松手

我在前头 妈妈跟在后

小心翼翼 从容而步

走出了家门

走过那繁华的街口

牵着妈妈的手

往事悠悠涌心头

牵着妈妈的手

深情无限泪花流

人们都说 夕阳最美

我愿牵着妈妈的手

永在那夕阳里走

我默默吟唱着，心里一阵酸楚，不觉眼圈发热了。我攥紧母亲的手，愈加温和地待着母亲……

母亲每到一处景点，都显得格外兴奋。但她很快便忽视自然美景而专注于同我讲话了。我知道，母亲其实并不在意什么景色，她更在意的是谁陪她看景。母亲平时话不多，但见了我这个儿子，总是有说不完的话：说从前的事，亲戚的事，邻居的事，门球队里的事，她似乎要把平日里所有细碎都向我宣泄倾诉，尽管她面对的听众有时心猿意马。我认真听着，时而也敷衍地应答："对！""是么？""哦？怎么回事？"我的每一个敷衍的应答都激起她认真的回应，她更加滔滔不绝……

我不忍打断母亲的话——这是我与母亲相处中养成的一种习惯。我每周末去上虞看母亲一次，基本任务除了陪母亲吃一顿饭，便是做忠实的听众，任由母亲述说家长里短，我总是耐心倾听，并顺着母亲的话题讲。

我尝试着走进母亲的内心世界。

母亲出生于中国最黑暗的年代。那时，外敌入侵，政府压榨，官僚盘剥，农民种一亩地要交七分租，母亲深知什么叫"三座大山"剥削；中华人民共和国成立后母亲工作积极认真，做过乡里的领导，她深知什么叫农民翻身得解放；母亲含辛茹苦养育我们兄妹成长，默默地为家庭奉献，不图任何回报。随着岁月流逝，如今母亲耳聋体弱，几乎没有社会活动，她的思维不可能与我们同步，她的观念也不可能像年轻人那样与时俱进。

我十分理解母亲。从母亲看似漫无边际的讲话中，我体会到了母亲的正直、宽厚、善良，以及她那个年代人物特有的无私忘我的思想境界。

不由地想起一位哲人的名言："孝之道，在于内安其心，后外安其身。"有人认为，让老人住在舒适的房子里，配上高档设施，吃大餐，去旅游就是孝顺。其实，物质上给父母的享用，是较低层面的尽孝道，只是"外安其身"。孝顺父母最重要的应该是"内安其心"，即注重老人的心理感受，对父母和颜悦色及言语行动上的顺从，这种对父母精神上的敬重和感情上的抚慰，才是尽孝道的更高层面。

我牵着母亲的手走，心里想着一个问题：世上最美好的事情是，我已长大，你还未老；我有能力报答，你依然健康。如今母亲虽已衰老，但并无疾病，应该对母亲更好一些。怎么个好法？我想应该在"外安其身"的基础上，多为母亲做一些"内安其心"的事，多安排一些时间，多一些问候，多一些笑脸，就像今年春节这样：牵母亲走，听母亲说，陪母亲坐，让母亲更多地从亲情交流中感受精神上的满足，使其真正"内安其心"。

2015年2月

我和母亲的约定

　　我和母亲有个约定：每到周末去看望她老人家一次。只是，我通常很难确定具体的时间，而有时也故意不确定时间，免得她忙碌准备，一下子出现在母亲面前，给她一个惊喜。

　　周六早上刚起床，手机响了。一看，是母亲。我知道，母亲是来问我今天去不去上虞。我和母亲有个约定：每到周末去看望她老人家一次。只是，我通常很难确定具体的时间，而有时也故意不确定时间，免得她忙碌准备，一下子出现在母亲面前，给她一个惊喜。每次来电话的最后，母亲都要补一句：工作要紧，忙的话就不要来了。我知道她是希望我去的，只是想确定我去的时间，好有个准备。

　　这次，我因去超市给母亲买生活用品，到上虞时已接近中午十一点，比往常晚了半个多小时。照顾母亲的阿姨见我来了，便赶紧去做饭，母亲说不急，慢慢来好了。和往常一样，母亲见到我就打开了话匣子，讲这些天谁来过、说了些什么，也提到老家和过去的一些人和事儿……

　　和母亲交流时，阿姨不时把做好的菜端上来。然而，一向温和的母亲却忽然焦虑急躁起来，冲着阿姨发脾气。我一琢磨，明白了：我进门时阿姨开始忙着做饭，母亲说不急慢慢来，可阿姨却是赶紧做快快上。母亲是怕我吃完饭就走，因此缩短与我的讲话时间而发脾气呢！

我对母亲柔声说，我今天没有要紧事，吃完饭咱再到江边走走，继续聊。

我发现，同儿女一起说过去的事情，是母亲最开心的时光。

与年迈的父母交流没有固定模式，需因人而异。记得以前看过一篇文章，题目是《交谈不是唯一的沟通》，文中写到两个人的不同交流模式：

其中是写一位在外企工作的朋友，忙碌异常，但他每天会抽出一小时，把手提电脑拎回家陪母亲做饭。他坐在厨房的小餐桌上处理工作，母亲则在旁洗菜、择菜、煲汤。没有过多的话，但键盘声、洗菜声交汇相融，形成一种不可言状的温馨和谐。他说，母亲和他都需要这样一种状态，不说话，但有温暖浮上心头。有时饭都来不及吃，但感觉挺好。

我和母亲的交流也很特别。母亲已经八十五岁，有些耳背，有时她打电话过来，或我打过去，接通后基本没有我说话的份，她讲完便把电话挂了，我根本插不上嘴——我与母亲必须当面交流。

母亲特别怀旧，老是想从前的事情。我琢磨近年来同母亲聊天的内容，她的兴奋点基本限于三个主题：

一是说父亲，这是母亲的感情寄托。母亲常讲父亲的不容易：从小家里苦生存下来不容易，当兵后经历枪林弹雨活下来不容易，参加革命后学习工作做领导不容易，我们兄妹出生以后管教我们进步成长有出息不容易，离休以后还能发挥余热到处作报告不容易……

二是说我们兄妹，这是母亲的骄傲。母亲常说老家关于农民理想家庭的一句俗语：两个儿子一个囤，二十亩田一个园。母亲说，我的"两

父亲与母亲在 2005 年和 1955 年的合影　　我和兄妹不同时期的合影

个儿子一个囡"远远胜于"二十亩田一个园"。母亲常讲我们兄妹小时候的一些事情,有难事、苦事,有趣事、喜事,也有一些忘不了的生气事、揪心事。

三是说老家太平山,这是父亲和母亲出生成长的地方。中华人民共和国成立后,母亲在当地做过副乡长,还当过县人民代表。那里的山和水、人和事,始终令母亲魂牵梦绕。

静下心来听母亲讲父亲的事、我们兄妹小时候的事和老家的人与事,其实蛮有意思也蛮有意义的,我从中知晓了好多从前没有听进去或根本不想听的事情,内心不由地增添了些许温情暖意,感受到了曾经忽略了的弥漫着浓浓亲情的幸福味道。我这样听着想着,不知不觉地走进了母亲的内心世界,也从中知晓了母亲的经历、心路和种种艰难不易,知道了她的所思所想与所需所盼。我告诉自己,每周花两个小时陪伴母亲是必需的,是一项雷打不动的规定动作,就像每天需要睡觉和洗脸刷牙一样，再忙也得抽时间安排。

在走进母亲的内心世界以后，陪母亲聊天便不再感到是负担，而是一种发自内心的需求，一种来自心灵深处的召唤。每次和母亲在一起，都有说不完的话题。我也时常启动一些话题，围绕三个主题与母亲随意漫谈。如此，给母亲一个机会，让她重温过往的喜悦；也给自己一个机会，让我启动尘封的记忆。我发现，每次我走的时候，母亲都会表现出一种宽慰、满足的感觉；每当看到母亲这种表情，我便觉得一种释然和心安，下一周的工作与生活便不会再有牵挂。

临走和母亲道别的时候，母亲忽然凑上来，柔声说：金强，你有白头发了。我说，早有了，我已过56岁了！

回到家里照镜子，发现自己真的又增添了不少白发。我不由地感慨起来：每个人都会老，父母比我们先老，看父母就是看自己的未来。父亲已经走了，孩子已经结婚成家，现在最让我牵挂的只有我的母亲。已记不清哪里看过的这样一段话：这世间有一种爱，它让你肆意地索取、享用，却不要你任何的回报。这个人，就是"母亲"，这种爱，就叫"母爱"！

趁母亲健在，一定要好好待母亲，多抽些时间陪伴母亲。

2015年11月

老兄的孔子心与庄子气

庄子与孔子，代表了两种不同的人生哲学：怀一颗孔子心，染一身庄子气，在天做飞燕，落枝成麻雀，收放自如，高下皆宜，既如君子般自强坦荡，又似隐士般自在消遥。如此，日子便能演绎成一门生活化的艺术。

昨晚在家读一篇文章，描写的是一场冷雨过后的北方黄昏：

一棵老榆树上，数只麻雀正梳理着翅膀下和尾巴上有些潮湿的羽毛，神情悠然而专注，还不时惬意地叽喳几声，像极了逍遥游世的庄子；在天空，随风而动的灰色云层下，几只燕子在空中忙着捕食，再过不了多久，它们就要跋山涉水飞往南方了，用羽翼追求梦想丈量天下，一路奔波劳顿如当年周游列国的孔子。

文章最后说，麻雀与燕子，代表了两种不同的生存状态；庄子与孔子，代表了两种不同的人生哲学。

我觉得此话极富哲理。在孔子的大智慧中，陶冶自己的身心，小则解决人生的各种问题和烦恼，大则成就自己的事业前程。而庄子则相

兄长金钢2016年6月在北京国际移民组织研讨会上演讲

反，他主张"清静无为"，以"无为自然"为本，避忌人为。他冷眼观世的哲理，正是我们解脱现实困境、为自己心灵寻找自由的一剂良方。

我想起了兄长金钢。

我与兄长有着太多的共同之处。在共同的家庭影响下，形成了大体相同的认知和性情；我俩都出生于青岛，在农村跟随祖辈度过童年，父亲从部队转业回老家后我俩在青岛共同生活七年；参加工作后不久，我由一线民警调到机关，兄从企业调到外贸局，都在机关从事文秘工作等等。也许是由于这些难得的共同之处，在我俩之间，似乎有一种特殊的心灵感应，生发出许多思想的共鸣。我们虽然身处南、北两地，却常常在同一个时期想到同一件事情，不谋而合；常常在做同一类事情时，就同一个话题，保持着高频率的交流探讨。可以说，无论工作、家庭还是学习，我们兄弟俩始终保持着共同兴趣点。

兄长现在是青岛市一家知名企业的董事长，是个工作狂人。但他同时也是一个热爱大自然、故乡情结十分浓厚的人，每年回绍兴都要到儿

1975年兄长在知青组锻炼、劳动

时生长的老家太平山去转转。他说，每当看到那里的山水田园、茂林修竹，就感到特别兴奋。他还写了一本《故乡心语——太平山寻踪探秘》，出版后引发了太平探险热潮。兄在书中说，太平山是我感情的圣地，精神的向往，我的内心深处时常涌动着对故乡的眷恋。他还说，准备在山里建一处房子，过几年把工作辞掉，每年到山里住上几个月。

我同兄长说，你现在的状态用一句话概括，可以叫"孔子心""庄子气"。兄称愿闻其详。我说，所谓"孔子心"，是一种进取精神，如你中午在单位吃饭时还与员工谈论下一步的工作计划，计划一旦制订就不折不扣地执行。但在工作之外，你又是一个很懂生活、很有情感的人，心怀一种"闲云野鹤"的境界，这就是"庄子气"。庄子与孔子，代表了两种不同的人生哲学："怀一颗孔子心，染一身庄子气，在天做飞燕，落枝成麻雀，收放自如，高下皆宜，既如君子般自强坦荡，又似隐士般自在逍遥。如此，日子就能演绎成一门生活化的艺术。"

1977 年兄长在工厂做刨床操作工　　　1977 年我和兄长在一起

　　兄长对我的评价很是赞同，同我说不久前去杭州，在西湖畔看到一块石头上刻着"生活家"三个大字，感觉心有微澜：我们这代人从小所接受的教育，所养成的价值观，一向只有工作哲学，工作是人生第一要务，稍稍闲下来，犯一会儿楞，就会产生一种负疚感，好像生命被浪费了，被虚度了。但现在，有人不仅把"生活"作为一种正面的人生价值提出，而且还要成为"生活家"，这是对我们传统价值观的挑战。人生在世，最重要的是过一种舒适、宁静、沉思的生活。

　　兄长说的"生活家"与他身上所表现出的"工作狂"，其实是从另一个角度诠释了孔子心和庄子气。从中国几千年的历史发展来看，每个朝代的鼎盛时期，在修身、齐家、治国方面都有一个共同秘诀，那就是：内用老庄，外用儒术。对内，以自然角色修身养性，度过逍遥人生；对外，则以社会角色积极入世，承担历史责任。以孔子为代表的儒家给予作为个体的我们在社会上生存的使命感，教给我们以社会人格实现自我的方法；而以庄子为代表的道家则给人的心灵插上翅膀，启发我们超越自我、自然而生。

　　那么，当下的我又该如何把握"孔子心"与"庄子气"呢？我觉得，我们需要孔子的"修身齐家"，但仅此人生未免太过拘束，若再能在庄子的思想里畅游的话，人生应该会变得更加美好。

于是，想到了两个字——悠闲。

在经历了半个多世纪的人生之后，我觉得人生应当少点"孔子心"而多些"庄子气"：在静谧的夜空下，悠闲地躺在阳台的藤椅上，欣赏月里嫦娥的舞蹈，找寻一下属于自己的星座；在周末假日，把目光从繁杂的工作琐事中挪开，走进深山幽谷，赏野花，观飞瀑，越崇山峻岭。我应当按照自己的天性悠然度日，过那种恪守我心的生活……

如此，才真正符合生命的韵律。

2016年7月

今有所悟

奶奶是我的启蒙老师

我的奶奶，一位大山里的小脚老太婆，却知道外面的世界；没有读过书，却聪慧机敏，旧十六两秤复杂，对方报出斤两，能立马算出价钱；中华人民共和国成立后生活宽裕，却始终勤劳节俭。

1964年的全家福

国庆假日在家中翻旧时相册，发现一张五十多年前的全家福老照片：奶奶抱着妹妹端坐中间，我和哥哥立于奶奶两旁，父亲和母亲站在后排。

我的目光停留在奶奶身上良久，忽觉思绪奔涌，情不能已。

我于三年自然灾害之初在山东青岛出生，两岁父母将我送到上虞老家太平山交由爷爷奶奶抚养。1964年爷爷去世后，我和奶奶随大家庭一起前往青岛居住。不久，奶奶因语言不通、生活不

太平山村与村里的大路

习惯等原因，决定回老家生活。当年我得知这一消息后，说了一句令奶奶和父母特别感动的话：奶奶一个人要冷清的，我要跟奶奶一起回去。1966年我与奶奶回到太平山村，祖孙俩共同生活4年，直到1970年奶奶去世。

我沉浸在追忆奶奶的情思之中，心中忽地生出一个念头——我要去一趟太平山。

我来到了童年时生活的老家——陈溪乡太平山村。

太平山四周群山环绕，满目青翠。走过村口小桥，便是村里的主道了，村里人叫它"大路"，约有两米宽，用拳头大的鹅卵石铺成，由北向南从村中穿过。小时候，我几乎天天在这条路上跑，每一个角落都留在我童年的记忆里。忽然，一个略带沙哑的声音在我耳边响起：金强唉，吃饭哉！这不是奶奶的声音吗？我知道是幻觉了。我小时候玩心很重，在村里到处乱跑，常常忘记吃饭时间，但无论跑到哪个角落，都能听到奶奶的这种叫喊声。

行至大路中上段，见到路的左侧有一幢三层楼房。这里便是从前我和奶奶居住的位置。原先，这里是一栋普通的两层楼，平面的形状像一个"凹"字，北头一家是房主，中间凹进去的堂屋住着房主的老母亲，

我在从前的老屋旁留影

南头一户便是我们家，房子是东向的，从房子的后门上四五级台阶，就是我行走的大路。我清晰地记得其中有块最大最平滑的青石板。每天傍晚，听到一阵清脆的铃声，就会看见一个推自行车、穿绿衣服的人停在我家门口的青石板前，然后奶奶便递上一杯事先凉好的清茶，那人喝完说一声谢谢，交还茶杯，然后推车离去。奶奶说，这是送信的邮差，从很远的地方骑自行车过来给大家送信，很辛苦的。后来，我自然接替了奶奶的工作，每当邮差到时，我便抢先将奶奶凉好的茶水递上去……

奶奶以前生活很苦，先后生育过六个孩子，除了父亲以外，其他全都因贫病交加亡故。父亲也是因生活所迫才去当兵参加革命。中华人民共和国成立后村里实行土地改革，家里分到土地，全由村里帮助代耕、代种、代收，奶奶常说共产党好，村干部好，亲戚邻居好。父亲每月寄钱回来，足够家用，可奶奶十分节俭，还自己种菜、腌菜，省下不少钱，亲戚邻里有困难，她都有求必应，出钱接济。

我凝视着眼前的三层楼房，出神良久……往事一幕幕浮现眼前：

沿着青石板旁的缺口下行四五级台阶进门，穿过灶间，便是堂屋。

爸爸曾经说起我小时候的一件事情：我两岁时来到太平山。奶奶见到胖孙子，高兴坏了，拿出炒好的花生给我吃。可我并不吃，而是抓起花生一把把往地下扔。爸爸生气要打我，可奶奶却高兴地说：让他扔，让他扔。到了晚上，奶奶戴上老花镜，擎着蜡烛，将我白天撒在地上的花生一颗颗捡起来。奶奶拿我当心肝，却并不溺爱。我稍大些后，便让我做一些力所能及的事情，我也慢慢养成了爱劳动的习惯：奶奶要做饭了，我去烧火；奶奶端起衣盆去溪边洗衣服，我便拾起棒槌；奶奶去自留地干活，我主动做下手。到八岁时，我竟然生发出一种男子汉气概，不再让奶奶买烧火柴，开始穿上草鞋自己上山砍柴。奶奶去世时我只有十岁，那时我的手脚满是厚茧……

顺着楼梯登上二楼，看见一张简单的木床。我和奶奶很是有缘。奶奶出生于20世纪元年，而我出生于20世纪60年代元年，同属鼠，刚好相差一个甲子年。小时候，我每天依偎在奶奶身边，度过了无数个温馨的夜晚。我的奶奶，一位大山里的小脚老太婆，却知道外面的世界；没有读过书，却聪慧机敏，旧十六两秤复杂，对方报出斤两，立马便能算出价钱；中华人民共和国成立后生活宽裕，却始终勤劳节俭。每天睡觉前，我总要缠着奶奶讲这讲那，奶奶讲过的许多谜语和谚语至今仍然留在我的记忆里。比如有个谜语：红红的瓶，绿绿的盖，千人走过万人爱——说的是柿子。还有一些是气象谚语：春无三日晴，夏无三日雨；雨中知了叫，晴天当即到；下雪不冷融雪冷；日晕三更雨，夜晕五时风……

床的旁边有一扇木窗，窗外满是翠林竹影。小时候早上醒来时，我会眺望窗外，首先映入眼帘的是窗外远处山上的五棵高大松树，很是挺拔，极有气度。然后，我会看见一个个劳作者，或挑着担，或带着行头步行上山，他们逐一进入我的眼帘，又逐一离开我的视线；黄昏时分，我从这扇木窗外望，则会看到有人肩上挑着柴或扛着毛竹，进入我的视线，然后一个一个走出。奶奶见我出神的样子，告诉我：人是需要劳作的，只有通过劳作付出，才能有所收获。奶奶还说，窗外有山，山外还有山，一山更比一山高。奶奶让我知道，原来世界很大，外面很精彩，

我的奶奶

要不断学习知识，任何时候都不能骄傲自满。从此，在夜晚入睡以后，我常常置身于一种奇幻的场景：五彩缤纷的颜色呈片状或线状在我眼前闪过，连续不断；我的身体格外轻盈，轻轻一跃，便腾空离开地面，只要不断划动双脚，身体便能在空中持续滑翔。我是要飞吗？我问自己。我回答，我不会飞走，因为奶奶在这里——我永远不会离开奶奶！

奶奶终究还是离我而去了——1970年的早春，奶奶停止了呼吸，而我就睡在她的身旁。我呼唤着奶奶，心中痛，痛得撕心裂肺！

那年，哥哥刚好也在太平山。哥哥长我四岁，童年也在太平山度过，与我一样，对奶奶有着深厚的感情。知道我们将要离开这片故土，我和哥哥甚是不舍，从小溪捉了几条小鱼，投入家里的水缸。哥哥说，过几年小鱼长大了，我们回来看望奶奶。

奶奶去世快五十年了，我和哥哥一直深深眷恋着这片儿时生长的故土。其实，我和哥哥都知道，对故土浓浓的乡情，更多的源于对奶奶的亲情；我和哥哥至今能够保持勤俭、坚韧的初心与骨子里的淳朴善良，也多半源于奶奶的言传身教。

奶奶，是我永远不能忘怀的启蒙老师！

2016年10月

陪母亲看海上花田

一个爱花并且时常冲着花笑的人，她的内心一定是柔软的、和善的，洋溢在脸上的每一缕笑容也一定是真实的；一个内心和善并且脸上挂着真实笑容的人，一定是热爱生活而且是离幸福最近的人。

前些天去上虞，饭后挽着母亲在曹娥江边散步。望着江边绿叶映衬下盛开的花朵和静静西逝的江水，忽然想到一个话题。我对母亲说，这一江春水向西流，到新三江闸右拐北上，与钱塘江一并流入东海。在曹娥江入海的地方，有一个3000亩的巨大花田，叫杭州湾海上花田，听说那里有很多好看的花，我们去看看吧？母亲说，好啊，天天在曹娥江边走，却不知道曹娥江的尽头是什么样子，而且还有这么大的花田！

周末，我开车载着母亲，来到著名的杭州湾海上花田景区。

景区入口处，有一块造型奇特的石碑，上面印刻着两个大红字——花境。正体味着"花境"的意韵，又看到正门上方有几个醒目的大字——海上花田稻草人风车节。看来，稻草人与风车是这里的一大特色。走进检票口，见到一个很大的花坛，上方写着："踏春欢乐季——杭州湾海上花田"。

我满怀期待地携着母亲步入景区。

首先映入眼帘的便是风车和稻草人。据景区人员介绍，这是海上花田80多名员工历时两个月，自己动手制作布置的，共有百万只风车，百余个稻草人造型。

放眼望去，只见缤纷绚烂的各色风车分片分线整齐排列，迎风旋转；风儿吹过，一只只灵动的风车就呼啦呼啦地转动起来，营造出浪漫有趣的氛围。据说，风车寓意吉祥，它能转去烦恼，转来幸福和健康。有对年轻人站在迎风转动的风车下相拥拍照，场面甚是唯美浪漫！一步步深入景区，浪漫风车花坡、唯美风车隧道、七彩风车海洋一一呈现在我们眼前，令人眼花缭乱，美不胜收。

还有可爱的稻草人。在景区入口处，有一只3米多高的稻草鸡喜迎新年。往里行走，看到长长的稻草人迎亲队伍与婚庆广场，生动逼真。还有牛犁田、踩水车、手拉车、钓鱼等造型不同的稻草人，展现出一幅男耕女织的农耕文化景象，温馨而有趣味。人们在稻草人跟前拍照、游戏，有位老大爷边看边在小本本上写划着，我走近一瞧，老人在作稻草人素描。

"稻草人风车节"，果然名不虚传！

在迎风旋转的彩色风车隧道行走，犹如在人间仙境漫步。母亲连声说：心花开了！心花开了！刚说到"心花"，就见到了美艳的真花——我们来到了花田区。只见成片的各色花朵竞相绽放，婀娜多姿，在春风中微微颤动，远远望去，像是一块巨大的彩色地毯。据介绍，这里的不同时节，可以观赏到不同的花，有樱花、油菜花、郁金香、香薰花、梨花、风信子。见母亲有些疲惫，我们在花田湿地林荫休息处驻足小憩。

再往前走，见到一片似曾相识的粉色小花，在阳光下闪闪发亮，如同一个个十来岁的小姑娘，仰着一张张秀丽洁净的脸蛋，在风里摇曳舞蹈，纯粹而美好。母亲说，这叫草籽花，这个季节老家的田里到处都是这种花。母亲随口吟道：油菜花开黄似金，萝卜花开白如银，蚕豆花开黑良心，草籽花开满天星。

我和母亲在花田湿地休息处

母亲的话引起我对童年农村时光的回忆，田里的草籽和由草籽生出的星星碎花在我脑海里交替呈现。每年开春，雨水一淋，草籽便长得疯快，一天一色——淡绿、深绿、浓绿，然后开出好似满天星的小花。到了饭点，下田掐一把嫩头，拣一拣杂草，再过一过清水，便可直接下锅，碧绿一碟，爽口，味清，略带甘草般清香纯粹的野味……

我转头注视着母亲。母亲已显苍老，动作迟缓，但脸上洋溢着笑意。我猜想，此时母亲的心里一定盛着黄似金的油菜花，白如银的萝卜花，黑良心的蚕豆花，但盛得最多的，应该是这形似满天星的草籽花——母亲的心里盛着一个丰饶多彩的花田！

母亲生性爱花，家里养着花，也喜欢出去看花。去年我带她去杭州西溪湿地公园和宁波东钱湖旅游，见到各色鲜艳的花朵，母亲不停地驻足观赏，脸上绽出花一样的笑容。我看看花，再看看对着花笑的母亲，心想，母亲是幸福的。一个爱花并且时常冲着花笑的人，她的内心一定是柔软的、和善的，洋溢在脸上的每一缕笑容也一定是真实的；一个内心和善并且脸上挂着真实笑容的人，一定是热爱生活而且是离幸福最近的人。正如一位哲人说的：一个人只要心中充满阳光，眼中就有美景——人生最美的风景是心中的那一片花田。

在最美的杭州湾畔海上花田，我看到了盛开在母亲心中的那一片最美的花田！

2017年3月

"金不换"老婆

前些天一位朋友同我说：你写过父母和兄妹，也写过自己和女儿，唯独没有写过妻子，是不是你的妻子拿不出手啊！我说，我的妻子上得厅堂，下得厨房，贤淑端庄——是"金不换"老婆。

记得多年前的一天，家里买了一台大背头电视机，商店送货员搬至客厅，不肯上楼，只好自己动手。拆开包装，一试，觉得挺重。我说，找个人来搬吧。老婆说，咱自己先试试看。于是，两人动手搬电视机。我搬起后觉得重，走了几步后建议歇一歇，可老婆硬是坚持着同我一起搬到楼上，安放到预定的位置。

事后，我同亲友们说，我老婆吃得少、力气大、会理财，属于经济实用型，是个"金不换"老婆。从此，"金不换"老婆这个词就在我的亲友中流传开来，并得到大家公认。

可见我对老婆的概括精确到位，符合实际。

老婆身材较高，略显富态。老婆原本胃口就不大，为了保持体型尽量控制热量摄入。她的饮食原则是：早餐中餐尽量少吃，晚餐基本不吃。

每天晚上，老婆做好饭菜招呼我们，和我们一起坐下，但自己并不吃饭，偶尔夹点菜吃，所以我说她吃得少。

虽然吃得少，力气可不小，以上搬电视机事件可略见一斑。

老婆还有个特点，会持家过日子，除了洗衣做饭操持家务，还会理财。老婆搞财务出身，买基金，购股票，添置生活用品，家里安排得妥妥当当，完全不用我操心，而且还能获得超出预期的回报。我们结婚时一无所有，可现在住上了市区复式的房子，家中物品应有尽有，还能顾及两边的亲属，使我的小家庭与大家族保持着亲密和谐的联系，这些主要归功于老婆的勤劳持家、精明理财与豁达大度。

有一次与朋友聚会，谈起老婆的话题，有位老兄抛出一个观点，说老婆分为三等，大致意思如下。

上等老婆，治家整洁，贤惠有礼。俗语说："家有良妻，如国有良相。"一位贤良妻子能开源节流，将家打理得妥当，维护环境整洁，态度温敬柔软，周到体贴，行仪慈孝和顺，让先生无后顾之忧。

中等老婆，慰问、赞美丈夫的辛劳。莎士比亚说："一个好妻子，除了处理家务外，还兼有慈母、良伴、恋人三种身份。"所以，治家能力差一点的太太，至少要能多说好话，要常常慰问、赞美丈夫的辛劳与付出。

下等老婆，唠叨不休，刻薄自私，不但不善于治家，丈夫辛苦一天回到家时还会喋喋不休，要么嫌弃他的职业赚钱太少，要么埋怨住得不好、穿得不好，如此只会让丈夫觉得家如监狱。

我十分赞同"三等老婆"理论。在我看来，我的老婆显然属于上等老婆。如果连我的老婆都不能列为上等老婆，那简直就是没有天理了！在我的人生之中，老婆与我形影相随，朝夕相伴，她是我生活中最重要的人，她的作用是其他任何人不可替代的。她虽然和我没有一点血缘关系，却为我操持家务，哺育女儿，洗衣做饭，含辛茹苦。她为家庭、为我所做的一切都心甘情愿，不需要回报。我觉得，将近三十年的共同生活，两人在一起慢慢变成依赖，爱情慢慢变成亲情。老婆，是我享用一

二十五年前后——结婚与银婚

背靠背——手牵手

生的财富!

　　不过,我得补充一点,别以为我强调"经济实用型",便认定老婆是只会持家过日子,那就大错特错了。老婆从小便是美人坯子,体貌气质俱佳。老婆的嫂子有一次召集女干部开会,旁边一位领导问:听说你小姑在下面,哪位是? 嫂子说,你看下去相貌最好的那个就是。

　　那位领导目光一扫视,还真的就找到了。

2017年5月

我是金莹她爸

不知从何时起，我与女儿的关系悄然发生了变化——不仅仅是"金强的女儿"逐渐被"金莹的爸爸"取代那么简单，更多的是我对电脑、手机、网购等新技能的掌握运用方面，基本都来自于女儿。因为女儿在身边，教我如此这般，我才跟得上时代的节拍。

前些日子去一个单位联系工作，接待我的是一位新提任的年轻干部，我不太熟悉，只知道他曾是女儿线上的领导。于是，我在自我介绍后补了一句：我是金莹她爸。

对方听后立即与我热络起来，不住地夸女儿文采好、性格好、工作踏实……在这样的氛围下，我所联系的工作进行得十分顺利。

分别以后，回想方才自我介绍时说的"我是金莹她爸"，心里滋生出一种别样的感觉。我记起以前带女儿外出和参加活动时，向来都是介绍"这是我女儿金莹"。可自从近年来女儿工作上取得一些成绩和荣誉，特别是去年为王坛梅花代言而成为全国网红之后，我除了是我自己之外，在许多场合下因为女儿与女儿的别称"小龙女"，而成为"老龙王"、金莹她爸——女儿的知名度已远远超过我了。

下班回家后，我同女儿说起白天发生的事情，半开玩笑地说："金

强的女儿"正在被"金莹她爸"取代，看来老爸要退出历史舞台喽！我说这话时带有一丝伤感，可女儿却扬着脸一本正经地说：这是最正常不过的事情，如果在爸妈衰老的时候人家还不知道他的儿女是谁，那样做人岂不是太没意思了！

细细想来，是这么回事。

又想起女儿刚参加工作时的一件事：有一天与亲属们一起聚会，话题集中到女儿身上，说女儿在校如何优秀，今后将会怎样怎样。女儿倒也不谦虚，给大家讲了一个发生在若干年以后的段子：那天我带我爸去参加活动，有人指着我爸问：这老头是谁？旁人就说了：这人你都不认识？金莹她爸呀！虽是玩笑话，却反映了女儿积极乐观、对前途充满自信的阳光心态。

周末，我在书房写作我的人生感悟。

近年来，随着生活阅历的增加和女儿结婚成家，我感到肩上的担子减轻了，心里压力也得到释放，萌生了再写一些东西的冲动。回顾自己的人生经历，年幼时不断在南方与北方、大山与大海之间转换；参加

工作以后，多次在政法部门与党委部门之间转换，如今又接触企业从事经济管理；在家庭生活中，随着娶妻生子与孩子的长大，我也逐渐从家族中的晚辈变成了长辈。我觉得，这些年经历了太多的人和事、机遇与挑战、委屈与喜悦、成功与挫折，我想把自己经历的重要事情和由此生发的心灵感悟写下来。女儿鼓励我写作，并建议我写好后在自己的微信公众号上发表。

"我不会呀"，我说，我从来没有接触过公众号那东西。

"我教你呀！"女儿得意地说。

是啊，女儿可是公众号的小行家，自从两年前创建王坛镇的公众号"醉梅王坛"后，总是将自己对王坛的爱倾注到笔尖和相片，结合自己从事的旅游、宣传和团委工作，推介王坛的山水美景、人文特色，写下了一篇篇图文并茂、精致优美的公众号文章。"醉梅王坛"公众号用不到一年的时间收获了过万粉丝，好评度甚高，更有诸多欣赏者前去学习取经。

女儿为我建起微信公众号，取名"今有所悟"。我开始静下心来，书写触及自己心灵的所感所悟。写好之后交给女儿，由女儿进行编辑、美化，然后一篇篇在公众号上发表。慢慢地，我学会了消息管理、用户管理、素材管理、留言管理，以及如何申请"原创""赞赏"等功能。经过一段时间的运营，我自以为掌握了公众号的基本操作方法，有一次成稿后觉得没什么问题，未经女儿审核便发出了，事后发现多处瑕疵，女儿竟然数落我"翅膀硬了"！

可是，问题实实在在摆在那里，不服不行。

忽然发觉：不知从何时起，我与女儿的关系正在悄然发生变化——不仅仅是"金强的女儿"逐渐被"金莹她爸"取代那么简单，更多的是我在电脑、手机、网购等一些新知识的掌握、新观念的确立、新技能的运用方面，很大部分来自女儿。因为有女儿在身边，跟我说这说那，教我如此这般，我才没有落伍，才跟得上时代的节拍。我发现，近年来女儿问我的事情越来越少，而我问女儿的事情则越来越多了。

这感觉，起初有些失落，再品品，又觉得一丝甜蜜。我和妻子正在逐渐老去，可喜的是女儿在健康成长，这是好事，所谓长江后浪推前浪，青胜于蓝嘛。

我体味到了做"金莹她爸"的自豪和骄傲！

2017年7月

第一辑　我们

纳入"人生键盘"的事

人与人之间的差别，在于你将哪些事情纳入到自己的"人生键盘"之中，然后根据不同的事情投入不同的时间与精力去处置。对各类事情的不同认识与处置，表现一个人的品质，也影响一个人的人生走向。

下班回家以后，女儿拉着我追问：英语学得怎么样了？

前不久在家里说起几年后退休的话题。我说，退休后要去国外走走，特别想去看看北极、南极的样子和一些天然海岛的不同景致。走出国门，语言交流是个重要问题，我问女儿如何学好英语。女儿建议从单词入手，向我推荐了"百词斩"手机APP，并教我如何使用。"百词斩"中有英文选意、中文选词、听音辨意、拼写填空组合等选项，还可经提示进行词句

我和女儿

延伸学习，实用便捷，很是对我胃口。这不，才没过几天，小老师便来督促了。我回答说，这几天单位事多，没怎么顾及。女儿用我曾经教导她的话对我说：既然决定学了就得好好学，不要三天打鱼两天晒网！

我觉得似乎应该对女儿说些什么，但一时又想不出要说的内容。

晚饭后，女儿陪我沿环城河散步。望着波光粼粼的河面，我的脑子里闪现出多年前在青岛听音乐会钢琴师优雅击点琴键的场面，尔后又想起毛主席老人家的"弹钢琴工作法"："弹钢琴要十个指头都动作，不能有的动，有的不动。但是，十个指头同时都按下去，那也不成调子。要产生好的音乐，十个指头的动作要有节奏，要互相配合。"

我一下子想起了要说的内容，略加思考打了个腹稿，然后对女儿说：人的手有拇指、食指、中指、无名指和小指，如果说拇指按的键是主要矛盾，那么，食指、中指、无名指和小指按的键就是不同程度的次要矛盾；工作事业也好，家庭生活也好，我们在任何时候都会面临不同的主要矛盾和次要矛盾。

看到女儿在认真倾听，我接着说，于我而言，目前还在职工作，负有相应的岗位责任，上班时工作问题占据主要矛盾，下班后身体健康和家庭和谐等生活问题是主要矛盾，而学英语，是我为晚年退休生活所做的准备，学好了不仅能解决语言沟通问题，而且还可以开阔视野，接收更多的知识和信息。但是，学英语毕竟属于休闲时光的休闲之举，不是硬任务，它在我的"人生键盘"之列，但无须动用大拇指，也无须动用食指和中指，而只需动动小指——在空闲时记起它，然后利用碎片时间专注去学，并养成习惯，坚持下去。

女儿对我的观点表示赞同，接着我的话题说：人们对工作生活中的主要矛盾通常能把握住，却常常忽略一些不起眼的次要矛盾。比如我们一天中有很多零碎的时间，你可以用来玩电脑、打游戏，也可以用来看会儿书、思考一些问题。在这些小时间中做的小事情，似乎微不足道，但常年累月就会对一个人的走向和发展有着深远影响。其实，人与人之间的差别，就在于你将哪些事情纳入到自己的"人生键盘"之中，然后根据不同的事情投入不同的时间与精力去处置。对各类不同事情的不同认识与处置，表现一个人的品质，也影响一个人的人生走向。

我和女儿将话题锁定在次要矛盾上。我说，我们每天面对更多的是由具体事务组成的大量次要矛盾，其中有工作矛盾，也有家庭生活矛盾。对于这些零零散散、纷繁复杂的事，我们应该剔除不必要的部分，然后按急重轻缓顺序把它们整理好，纳入自己的"人生键盘"，然后再着手处理。如若不然，你的工作与生活将会一团糟，你将一事无成。我说，目前我正在写作的"今有所悟"个人公众号文章，那是我自己耕耘和经营的精神家园，但它与前面提到的学英语计划一样，只是在完成了重要和紧迫的事情以后，在八小时以外的恬静悠闲心态下才适合去做，它以不影响主要工作、不影响身体健康、不影响家庭和谐等主要矛盾为基本要求，它是一种随心所欲的悠然、瓜熟蒂落的自然，它与内心充盈有关，与幸福指数有关，也十分重要，因此需要纳入自己的"人生键盘"。

于是，我又与女儿讨论起纳入"人生键盘"的事情。

我想起有位学者讲过的一个观点：我们每天遇到的事情如果按照轻重缓急程度，可以分为以下四类：重要而紧迫的事情，重要但不紧迫的事情，紧迫但不重要的事情，不紧迫也不重要的事情。应该如何安排这些事情呢？我对女儿说，第一种重要而紧迫的事情与第三种紧迫但不重要的事情，应列为主要矛盾或相对重要的次要矛盾，集中精力去解决，无须讨论；第四种不紧迫也不重要的事情，可以不去理会。这里需要着重把握的是第二种：重要但不紧迫的事情。我们生活中大多数真正重要的事情都不一定是紧迫的。比如读几本有用的书、培养感情，节制饮食，锻炼身体……这些事情重要吗？当然重要，他们影响我们的一生；紧迫吗？应该并不紧迫，什么时候做都行。我认为，对这类重要但不紧迫的事情，不必像对待主要矛盾与其他相对重要的次要矛盾那样，用特别的强度与力度去做，只需纳入到自己力能所及的"人生键盘"，在八小时之外的空闲时光记起它，然后像弹钢琴时动用小指一样，专注而持续地去做……

我想，重要但不紧迫的事情，才是一个人卓有成效自我管理的核心。作为一个明智的人，应该明白自己真正想要的是什么，绝不把时间和精力白白浪费在无意义的事情上，而应有效利用起来使自己成长。女儿说得对，对这类事情的不同认识与处置，表现一个人的品质，也影响一个人的人生走向。

只是，我们需要牢记一个前提——将其纳入到自己力能所及的"人生键盘"！

2017年12月

我的姑夫

　　姑夫的笑容有着特别的魅力——这是一种饱经风霜苦难之后才会拥有的笑容，这是一种简单纯朴心灵才能折射出的笑容，这是一种经过亲人悉心照料才能滋养成的笑容；而且，这笑容特别干净、淡定。透过这笑容，我看到了一颗健康快乐的心！

　　春节前夕，表弟寿江同我说，父亲九十岁了，想在老家太平山村办一场像样的寿宴，问我能否前去参加。我说，姑夫是最亲的长辈，当然参加。

　　寿宴在村里的文化礼堂举办。只见里面人头攒动，都是前来祝寿的人。我把目光投向人群，一眼便找到穿新衣戴新帽喜气洋洋的姑夫。我快步上前，握住他的手。

　　我与姑夫有着特别的感情。

　　六岁时，我随奶奶离开父母兄妹居住的海滨城市青岛，回到老家太平山村，直到四年后奶奶去世才离开大山，期间我们祖孙俩的生活由姑姑、伯伯等亲属照顾。姑姑是父亲的堂妹，因父亲没有同胞兄弟姐妹，姑姑和姑夫便成了最近的亲人，奶奶有事通常去找他俩。那时，村里没有自来水，饮用水要到井里去挑，这挑水的工作便由姑姑与姑夫承担。每天早上，我都能看到姑姑或姑夫挑着两只盛满水的木桶，呼哧呼哧地走进门，然后倒进水缸……

　　姑夫还多次带我上山砍柴。我从七八岁开始砍柴，但通常只去近山。姑夫说，近山哪里有好柴？砍好柴要去没有路的陡坡崖边。于是，我跟着姑夫去黄石潭上面最险峻的山林里。我照着姑夫的样子，挑大拇指般粗细、三米来长的乔木砍，有香柴、羊脚骨柴、映山红柴、乌珠柴、大叶黄扬等，这些柴树大都长在崖壁旁，木质硬，燃烧时间长。姑夫还经常钻进丛林，找一些干枯的树枝。姑夫说，干柴份量轻，可以多背一些。等柴砍得差不多了，姑夫挑一个相对平整的地方，把提前准备好的三根小手指粗细的藤条分前中后布好，将砍好的柴收拢，稍直稍粗的铺垫在下面，不太规则的夹在中间，最粗的规整叠放在上面，将柴缚紧捆牢，再选两根1米左右的木棍或竹梢做成柴枪，从柴捆头部的藤条处一左一右交叉插入，将自己的头部置于两根柴枪之间，颈后垫一个用野草树叶扎制成的草把，慢慢挺直身体，拖柴回家，途中累了可用两支柴枪撑地，休息一会再拖。姑夫的柴捆大约长三米、宽0.6米、高0.4米，有150斤左右重，我的柴捆要小得多，大约六十斤重。

　　…………

　　屏幕上正在播放姑夫的视频：恭祝王禄彪老爷子九十大寿。伴着音乐，姑夫的一组组照片展现在大家的眼前。除了日常生活照，还有大量外出旅游的照片。表弟向我一一介绍：这是老爷子83岁那年，在上海东方明珠塔的最高处，在上面跑来跑去，高兴得像个小孩；这是86岁那年，我带他去南京、北京、青岛，爬山和登梯时，把我们远远拉在后面；这是去年，已经89岁，我带他去九华山，连脚登梯，气不喘，汗不流……

　　端详着眼前的姑夫，哪里像是九十岁的老人？姑夫个头不高，一头乌发，而且耳不聋，眼不花，精力充沛，只是背驼得很厉害。看到姑夫

外出旅游

姑父示范背水泥的样子

高高凸起的背脊，我的心一阵酸楚。六十年前，村里为解决农业灌溉用水，组织在高山上建造乌洞水库，每天有三四百人参加热火朝天的劳动，姑夫也在其中。三年后，乌洞水库建成了，但姑夫的背再也没有直起来。兄长金钢在八年前出版的《故乡心语——太平山寻踪探秘》一书，写下了以下文字：

更为艰辛的工作是从山下往工地背水泥。姑夫今年82岁，弯弯的脊背，粗糙的双手，还有坚毅的神情，显示出饱经沧桑的往昔。他告诉我说，水库建设用的水泥等物资都是靠我们背上去的，背水泥是最累的活，每人都有一个事先做好的木头架子，架子的上部是一个能立着横放一袋水泥的框架，两边和后面有围挡板，框架下面有一条支腿，既是掌握和控制平衡的把手，又可在休息时用作立地支撑。姑父摆着姿势告诉我，我们就是这样肩扛水泥架子，手握架子支腿往山上扛水泥的，一般都是早晨6点出发，10点钟到达工地，在陡峭的山路上背着100斤重的水泥爬4个小时的山路，有多少苦来！

劳作之后　　　　　　　　　　　　　　与曾孙女在一起

　　姑夫虽然驼背，但精神极佳。我问姑夫，现在怎么样？他连声回答：好！好！好！我故意问：什么好？他回答：什么都好！吃得好、睡得好，儿子好，女儿好，媳妇好，孩子好，都好！都好！！都好！！！

　　我乐了，笑望姑夫。姑夫的脸上满是幸福，这幸福体现在看得见的笑纹里，也融入在看不见的血脉中，真切可感。我凝视姑夫的笑脸，觉得这笑容有着特别的魅力——这是一种饱经风霜苦难之后才会拥有的笑容，这是一种简单纯朴心灵才能折射出的笑容，这是一种经过亲人悉心照料才能滋养成的笑容；而且，这笑容特别的干净、淡定。透过这笑容，我看到了一颗健康快乐的心！

　　姑夫出生于旧社会最黑暗的年代，童年穷苦，中年劳苦。值得庆幸的是，娶了贤惠能干的姑姑，家中事务无须他操心；生了一双聪明漂亮的儿女，从此有了精神寄托。姑夫的心思很简单，一切为家庭，一切为儿女。年轻时，姑夫白天在生产队劳动挣工分，下工后去私有地劳作，很晚才回家，生产队——私有地——家，三点一线，是他的全部生活轨迹；分田到户后，管好自己的一亩三分地，想的和做的全是种稻、砍竹、掘笋，山里——地里——家里，也是三点一线。他心无旁骛，一门心思经营自己的小家庭。几年前，姑姑不幸去世，姑夫一下子乱了方寸——姑姑已经把他照顾成了一个完全不会做家务的人。幸好儿女孝顺，为他安排好一切。他平时住在绍兴儿子家，也时常去宁波女儿家小住，如想回老家山里，儿子和儿媳会将他的衣食住行全都安排好，他依然不用操心，保持着原来简单的生活状态。他每天晚上八点左右睡觉，第二天睡到自然醒，上午十点左右才起床，吃饭，遛狗，扫地搞卫生，再就是捣鼓屋前的那一片菜园：播种、施肥、收获……

离开太平山后，我的脑子里依然不断地闪现姑夫的身影。我在想，以姑夫现在的状态，活过百岁肯定不成问题。一个人长寿，靠的是什么呢？想起一句哲语：不妄求，则心安；不妄做，则身安。意思是说，不瞎追求，则心里安分；不乱做事，则身体安分。是啊，做人切不可过分追名逐利，随意恣情纵欲。

或许，这便是人生的幸福逻辑与长寿之道！

2018 年 1 月

今有所悟

陪老妈过年

我与妻子、母亲三人，过了一个简单而又丰富的新年。说简单，无外人打搅，无丰盛酒宴，吃妻子烧的家常菜；说丰富，我与老妈交流的内容很是丰富，涉及我的、兄妹的、老妈自己的、小家庭的、大家庭的、老家村里的，点点滴滴，无所不及。

又一个春节到了。按常规，老妈到绍兴我家里过年，女儿去上虞公婆家过年。年三十上午，我开车先把女儿和女婿送到上虞亲家的家里，然后接上老妈来到我家。

和往年一样，妻子负责做饭和家务，我负责陪老妈，三人一起过了一个简单而又丰富的新年。说简单，无外人打搅，无丰盛酒宴，吃妻子烧的家常菜；说丰富，我与老妈交流的内容很是丰富，涉及我的、兄妹的、老妈自己的、小家庭的、大家庭的、老家村里的，点点滴滴，无所不及。

老妈虽已八十七岁高龄，但胃口不错，什么都能吃；睡眠也足，每天睡十来个小时；情绪也好，总是笑眯眯乐呵呵的。但相处一段时间之后，我觉察到，老妈今年与往年还是有所不同：坐久了立不起，需要搀扶才能起身；耳朵更聋了，之前打电话交流困难，现在当面交流也不太顺畅，需要大声，或辅以手势；老妈有时还产生幻觉，那天说看到亲戚送来的鸡走进她房间，我找遍楼下楼上各个角落，最后发现那鸡依然在纸箱里老老实实地待着——妈真的是老弱了！我感到一阵隐疼：苦日子过完了老妈却老了；好日子开始了老妈却走不动了。我在心里说：要多花些时间，好好陪伴妈妈！

老妈腿脚不便，走路颤颤巍巍，但在家里待不住，总想到外面呼吸新鲜空气。于是，我把陪老妈外出作为每天的主要任务。

大年初一早饭后，我说带妈出去走走。妻子拿出年前新买的一双带毛的绒布棉鞋，老妈穿上以后踩了踩，笑着对妻子说：大小正好，好看又舒服。老妈转而问我：我们去哪里？我说，这几年绍兴的景点咱都走遍了，今年我们"穿新鞋走老路"吧，再去镜湖湿地公园、迪荡湖公园、府山公园和东湖？老妈说，只要儿子陪我，去哪里都好！

今有所悟

老妈问：要不要带上拐杖？老妈平时外出是要拄拐杖的。我说，您儿子在还带什么拐杖？我做您拐杖！

我搀着老妈走出家门，打开副驾驶室车门，说一声：老太太请上车，然后搀扶老妈上座。老妈笑了，是那种舒心的笑。我的话令老妈想起了五十多年前的往事。那是我刚出生不久的一个周末，父亲从部队回来，听了母亲独自带儿子辛劳的絮语后，随口说了句："儿子长大以后会孝顺你

我和母亲

的。到时候儿子开着小车来接你,打开车门说:老太太请上车!"老妈说,想不到你爸五十年前一句不着边际的戏言,现在居然成真,我年老的时候还真能乘上儿子的汽车,享儿子的福!

在绍兴的日子里,每天上午,我开车带老妈去稍远点的景点,下午去离家不远的公园活动。开车到景点以后,我停车熄火,跑到副驾驶室前打开车门,扶老妈下车,然后做老妈的拐杖,牵着老妈的手走。老妈边走边同我说话,说到兴奋处,会停下来打着手势说,很短的一段路往往要走很长时间。

外出回来,我让老妈休息一会儿。我给她打开电视机,或拿些报刊给她看。老妈小时候读过两年书,年轻时在乡政府工作过,略通文墨,看书看报没有问题。可我发现,老妈对报上的文字与电视里的节目似乎不怎么感兴趣,而当我走进她的房间以后,她的精神才会振作起来;有时她也到我房前转转,却并不进来,我过去说话,她便会打开话匣子,与我讲这讲那。我知道,老妈希望我能更多地陪伴她。于是,我便坐下来,听老妈说。老妈便说起我,说起长兄小妹,说起父亲,说起我知道的近亲和不怎么知道的远亲,说起老家的陈年往事……

想起了今年春晚节目里的一句话:"孩子更需要的是陪伴"。其实,何止孩子需要陪伴,对于年老的父母来说,更需要儿女的陪伴!

正月初四,妹妹来接老妈回上虞,女儿、女婿和女儿的公公婆婆也从上虞来到绍兴,一家子人在一起欢快地说着,笑着。

我看看幸福的女儿,再看看颤颤巍巍的老妈,忽然想到:女儿已经成家,有人疼,有人管,现在最该花时间陪伴的,应该是我的老妈!

2018年2月

老婆、干菜和榨面

如果说一个家庭的幸福有一把钥匙，那么，这钥匙应该就攥在这个叫老婆的家庭女主人手里。老婆，也只有老婆全身心的投入付出与特有的温情爱意，才能"煮"出其乐融融的家庭好味道。

老婆、干菜和榨面，本风马牛不相及，却被我硬生生地拉扯在了一起——这缘于最近老婆的一次外出旅行。

老婆出门以后，那天女儿和女婿照常来家里吃饭，我自忖做几个小菜不在话下。年轻时，我曾在北方独立生活多年，自己会做馒头，擀面条，炒菜做饭，最拿手的要数包饺子，从和面、剁馅、擀皮到最后包馅，全套活都能做。特别是擀皮，我一人擀皮能供三四个熟练工包，单位过节改善伙食包饺子，后勤科总是点我……回忆是美好的，可现实却是残酷的。我做好饭菜，吃起来才发现：饭软了，菜咸了，火候也过了——看来，娶妻之后近三十年的家庭生活，已经把我做家务的武功废掉了。我没有再叫女儿女婿来吃饭，倒是女儿女婿请了我几次。但每天下馆子总不是个事，还是各顾各的，自己动手做饭。可是，做什么呢？

我想起了家里有干菜和榨面：干菜是上虞老家的亲戚送的，榨面是连襟从老家嵊州带来的——就做干菜煮榨面！

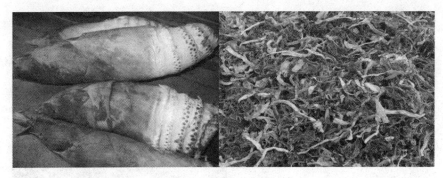

毛笋和笋干菜

　　我所说的干菜，准确地讲应该叫笋干菜——多数的干菜加少量的竹笋干。小时候我跟祖母在山村生活时，亲眼见过祖母做笋干菜：将芥菜洗净沥干水分，置于通风处晾干，然后切成小段，晒干后放进坛子里，撒上盐拌匀，再用石块压实，一直压到菜卤溢出泡沫为止。经过一个月的发酵，一坛飘香的冬芥菜就做成了。再说做笋干。祖母用菜刀在春笋上切一道口子，剥去老皮，洗净后对半刨开，切成细细的笋丝，加入适量的盐煮一阵子，再加上干菜煮一阵子，然后一起捞出来沥净水分拿到外面晒……

　　笋干菜有多种吃法：可作为汤料用，亦可与肉、鱼、鸡、鸭等一起蒸、烧、炒、煮，味道十分鲜美。我在北方生活时，老家的亲戚常寄来家乡特产，其中笋干菜是必不可少的。我成家后，老婆做过几次干菜煮榨面，便觉得这两样东西是绝配：省时省事，不必加盐和其他任何调味品，甚是可口——老婆外出咱不怕，家有干菜和榨面。

　　我拿出一包老家的笋干菜，捞取一把在清水里过一下，然后加水投入锅里，再打一个鸡蛋，煮上两分钟后，取来一盘榨面放入。榨面由早稻米经过蒸煮和压榨日晒而成，是熟制品，投入沸水片刻即可食用。从动手做，到吃完出门，不会超过半个小时。

　　每天早上起床，我阅读或写作一小时左右，然后做干菜煮榨面。晚上下班回到家里，仍做干菜煮榨面，吃完后外出散步，然后回到家里，洗澡、洗衣、看电视、睡觉。连续十几天，我不厌其烦地吃干菜煮榨面，过着简单得不能再简单的生活，周末在家一日三餐也是如此。

榨面和干菜煮榨面

望着被我消灭得所剩无几的那包干菜与那筒榨面，想起了以前父亲在部队时调侃一个连队的伙食："这个连队伙食真不差——早上土豆炒辣椒，中午辣椒炒土豆，晚上来了个大花样，土豆辣椒一起炒。"哈哈，我的伙食也不差："早上干菜煮榨面，中午榨面煮干菜，晚上来个大花样，干菜榨面一起煮。"

虽说我依然喜爱干菜煮榨面，但在连续经过十几天这样的生活之后，心里还是生出一丝悲凉来——想起老婆在家的日子，我是饭来张口，衣来伸手，该吃什么菜，该喝什么汤，食谱常更换，想着法子让你多吃，吃好。现在老婆不在家，自己的生活单调凑和，只能做干菜煮榨面，孩子也少来了，家里没有了往日的热闹生动，心里空落落的，人也突然间苍老了许多。我不由地感叹：女主人是家庭凝聚的源泉，老婆不在家，家便不像个家了——老婆不在，还真的不行！

十天后，老婆回家，得知这些天我的生活窘况，在数落了一番之后，叫来女儿女婿，然后变戏法似地做出一桌丰盛的饭菜来。

家里又恢复了往日的热闹与温馨，我也不用再吃干菜煮榨面了。不过，我还是十分怀念干菜煮榨面的味道。榨面要经过二十几道工序才能

我和妻子

吃，但要煮出好味道，须配上诸如笋干菜般的好佐料。

　　其实，经营家庭也是同样道理，虽说男主人是家里的顶梁柱，但女主人才是家庭的"定海神针"：女主人操持家里的生活琐碎，关怀家人的喜怒哀乐，主宰着一个家庭的情感氛围、生活品味与后代的身心健康。如果说一个家庭的幸福有一把钥匙，那么，这钥匙应该就攥在这个叫老婆的家庭女主人手里。老婆，也只有老婆全身心的投入付出与特有的温情爱意，才能"煮"出其乐融融的家庭好味道。

2018年5月

小小龙女降生

自从女儿两年前扮演小龙女为王坛东村梅花代言而成为网红后，我除了是我自己之外，在许多场合因为女儿的别称"小龙女"而成为"老龙王"。如今小龙女的女儿出生，自然称为小小龙女，而我这老龙王也自然升级为老老龙王了！

4个月前的那个晚上，女儿在绍兴市妇保院产下一健康女婴，7斤有余，足月，顺产。

女儿躺在床上，显得疲惫，但脸上溢着幸福的笑容。我把目光转到女儿身旁的小不点身上：好看的脸蛋，乌黑的头发，粉嫩的皮肤，厚实的耳垂，细长的手指，一双乌亮的大眼睛四处张望着……噢，这就是我的外孙女，刚刚来到人间的小天使——我升级做外公了！

旁边的一位亲属说道：小小龙女降生，老龙王升级为老老龙王了！

大家都笑了，我也笑了。

自从女儿两年前扮演小龙女为王坛东村的梅花代言，被各大媒体转载报道而成为网红后，我除了是我自己之外，在许多场合因为女儿的别称"小龙女"而成为"老龙王"。如今小龙女的女儿出生，自然称为小小龙女，而我这老龙王也自然升级为老老龙王了！

自从小小龙女出生以后，我发现自己有了许多微妙变化：下班以后，我会急匆匆赶往女儿家；我会不惜时间，久久守着小家伙，看着她咿咿呀呀的样子傻笑。我发现，小家伙最有趣的是睡着的时候，面部表情极为丰富，或皱眉，或蹙额，或撇嘴，或哈欠；最逗人的是醒着的时候，你向她挤眼、努嘴、皱鼻，她会与你互动，相应作出各种动作和表情；最让我心动的是小家伙的笑，目光对视时，她时常展露笑颜，那笑容最是真实，最是干净，使我忘却所有的心事，沉醉其中。不过，也有哭闹叫喊的时候，这时没有烦，全是心疼。

小家伙一天天长大，到昨天双满月已经11斤多了，比出生时重了4斤。人说养小日日鲜，确实如此。天天看天天抱，天天都有新变化和新感受。我感觉她的皮肤越来越白，面庞越来越清秀。宝宝的第一个微笑，第一声脆脆的笑声，第一次吮吸手指，第一次能抓玩具，第一次翻身……每天，她都在创造奇迹！

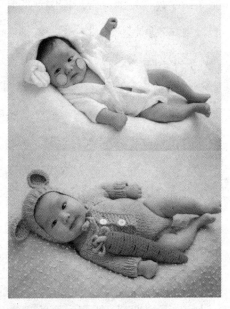

小家伙很有镜头感。出生40天时，女儿给她照相。原本正在哭闹的宝宝，对上镜头后瞬间就安静了，伸展腿脚摆出各种姿势，作出各种怪样，让人忍俊不禁。

我发现自己很可笑：总是忍不住拿外孙女的照片给人家看，还不时"别有用心"地玩转手机。之前我曾笑话那些做了爷爷和外公的人：一有机会就给人家看宝贝照片。我还调侃玩转手机

出生40天留影

的人：当人家问起小宝贝时，会以迅雷不及掩耳之势打开手机照片，呈到你的面前，然后不厌其烦地给你介绍说明。记起曾经看到过的一则微信：别人拿手机给你看照片的时候，你好好看就行，千万不要手贱滑下一张。我补充道：外公和爷爷除外——外公和爷爷给你看手机照片，尽可放胆前后划动，无需顾忌。因为一个人在做了外公、爷爷以后，手机

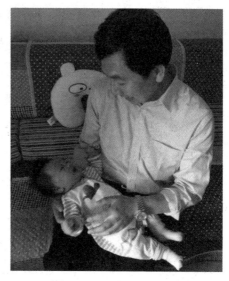

我和外孙女

里通常全是小宝贝的照片，不会存放隐私。而且，他会不断提醒你：下面，还有……

如今，我与那些曾经调侃过的外公爷爷们何等相似：与亲朋好友相遇，当对方问起"做外公了"的话题时，我便会打开手机照片，一张一张耐心地划给人家看，听到人家赞美的话语，我会笑得很灿烂；如果人家没有提及，我会主动告知"我做外公了"，然后点着手机的照片给人家看，随时准备绽放笑容；最让人难受的是遇到那种半生不熟的人，人家不说，自己也不好直奔主题。在这种情形下，我也会拿出手机玩转，引诱人家来问询，一旦人家恍悟后问起，我也会像那些俗人外公爷爷一样，以迅雷不及掩耳之势打开手机照片，呈到他的眼前……

我提醒自己：切不可再在众人面前提外孙女，也不要拿手机照片给人看。我能做到吗？可能做不到，但我会控制次数，最多给人看两次，杜绝第三次。至于玩转手机，谁说一定是引诱人家问询呢？我自然不会认账，但人家若是悟性高，觉醒后硬是问询，我总要给人以答复，顺便给人看看

小宝的照片也不为过，人家应该不会不讲道理硬将我往俗人里归。

我为自己内心的强词夺理感到好笑。

哈哈，谁让我做外公了呢！谁让"小小龙女"这么可爱呢！！谁让人家叫我老老龙王的呢！！！

晚上洗漱后准备睡觉，感到似乎有一件该做的事情没有完成。想了好一会，才想起今天因事没去看外孙女——原来，在不知不觉之中，看外孙女，抱外孙女，已成为每天生活中与洗脸刷牙同等重要的规定动作，不做便像没洗脸刷牙一样难受，浑身不自在。

2018年7月

纪念珍珠婚

于婚姻而言，纪念固然重要，但更重要的是珍惜，是相互体贴照顾，是相互理解信任，是彼此心心相印不离不弃，是无数个平淡日子的同舟共济、相濡以沫！

国庆节前夕，迎来了我家庭生活的一个重要日子——我和妻子结婚30周年。

两个原本不相干的男女，自结婚以后，命运便捆绑在一起，并拥有了若干个不同的共同日子：5周年木婚，10周年锡婚，15周年水晶婚，20年磁婚，25周年银婚，30年珍珠婚……

说老实话，之前的什么婚，我没怎么在意，也不曾记起。10年锡婚，妻子安排拍的纪念照；25年银婚，是女儿安排拍照的。

找出不久前制作的《我的照片人生》，翻到家庭生活篇"我和妻子"一节。这里记录了我与妻子从恋爱到结婚到婚后在一起的珍贵留

30 年前结婚

10年锡婚　　　　　　　　　　25年银婚

影。我选出几张代表性照片：30年前的结婚照，我精神十足但显得单薄，妻照得没有本人好看；10年锡婚，我着白色礼服，妻披婚纱，重温浪漫感觉；25年银婚，我穿黑色中山装，妻着旗袍含笑扶我肩头，有些意味。

如今这30年珍珠婚，我觉得有着特别的意义：这是一个我和妻子走完和即将走完职业生涯的时间点！这是一个我和妻子刚刚拥有第三代血脉成功升级为外公外婆的时间点！！这还是一个我和妻即将开启人生最美的第四个20年的时间点！！！

回想已经过去的30年婚姻生活，说长不长，说短也不短了。自从娶了妻子，就开始盼孩子；有了孩子以后，家里有了更多快乐，自己的胳膊也变成了女儿的摇篮；自己则变成一棵树，让妻子和女儿靠得住的一棵树，为妻孩遮风避雨。婚后这些年，我和妻子虽然有过争吵，但每次都能体谅理解对方，接受对方的全部性情习惯，包括好的和所有不够好的，并且主动融入对方的家族亲友圈子。有人说，婚姻有三重境界：

第一重境界是和一个自己所爱的人结婚，第二重境界是和一个自己所爱的人及习惯结婚，第三重境界是和一个自己所爱的人及习惯还有背景结婚。此话有理。我们的婚姻显然到达了第三重境界，进入稳定状态，两人已经形成了一个不可分割的共同体。只是，这些年我的心思几乎全在工作和学习上，没有怎么在意身边最亲近的妻子，也没有送过妻子什么礼物，结婚时没有，平时生日没有，结婚纪念日也没有。我觉得，我需要重视当下这个日子，为妻子选一个有意义的礼物。

选什么好呢？

想起一个美丽的故事：一只孤独的母贝好奇地浮上水面，享受着旷世的宁静。有风吹过，一粒沙飞进张开壳的贝体内。在柔软的肉质和沙的砥砺中，贝不断地分泌液体，包裹沙粒，以期医治巨大的疼痛——经历时间的痛苦磨合，一颗焕发着迷人光亮的珍珠形成了。

就送一粒珍珠吧，作为我们珍珠婚的纪念！

我说，再去拍个珍珠婚纪念照。

妻子说，送不送礼，拍不拍照，过不过纪念日，都不重要，重要的是一家人平平安安、和和顺顺、快快乐乐地在一起。

女儿说，珍珠婚，意谓圆润而珍贵，一定要去拍照，拍出风华！她联系落实影楼，在珍珠婚的当日，抱着出生6个多月的小宝，拉着我们一起拍摄照片。

……

翻阅一张张珍珠婚照片，我感觉我俩的头发在变白，皱纹在增多，皮肤在松弛，但彼此的心却越靠越近。追忆30年的婚姻历程，有些事情已经淡忘，有些事情至今印象深刻，历历在目：相识时牵手的幸福与甜蜜，初为人父时的激动与兴奋，失去亲人的痛苦与悲伤……30年的时光在历史长河中微不足道，但在婚姻家庭中，却是人生中最珍贵的时段。

今有所悟

30年珍珠婚纪念

　　周末，我和妻子同在一个房间，我在电脑前敲打键盘，妻在编织外孙女的线衣。我知道她在，她知道我在，我们彼此专注着自己的事情，偶尔抬起头两人对上眼神，悄然一笑，静谧安好……这是一种默契，是一种经过30年岁月浸润后形成的适应。

　　忽又想到，到了我们这个年龄，真正需要的其实并不是风雅浪漫，而是一个温暖的家，一个经过婚姻升华达到稳定状态、夫妻俩能够白头到老的家。于婚姻而言，纪念固然重要，但更重要的是珍惜，是相互体贴照顾，是相互理解信任，是彼此心心相印不离不弃，是无数个平淡日子的同舟共济、相濡以沫！

　　我同妻子说，我们好好生活，争取长寿，以后还要一起过宝石婚、金婚、钻石婚。

2018年9月

第一辑　我们

我们180岁啦!

那天聚会时大家谈论最多的话题便是150岁。记得当时还有一个有趣的插曲:一位年轻的服务员姑娘满腹狐疑,仔细察看在座的每一位客人,然后幽幽地问了一句:你们当中谁150岁?

春节时与妻子这边的家人聚会时,妻兄说:我们180岁了,再庆祝一下吧!

大家听后,会心一笑,纷纷赞同。

何来"180岁",何来"再庆祝"呢?这得从10年前说起。

我与妻兄和妻嫂同龄,生日都在春节后的几个月间。南方不同北方,讲虚岁,刚出生便是一岁,过年再长1岁。今年春节过后,我仨按南方的算法是60岁,但按照北方的算法,生日过后才59岁。按照惯例,我们通常会在春节过后挑一个日子,按虚岁的年龄一起庆生。10年前的这个时候,我们仨都50岁,加起来150岁。于是,我们将庆生的主题定为150岁。那天聚会时大家谈论最多的话题便是150岁。

记得当时还有一个有趣的插曲。在我们餐厅服务的小姑娘满腹狐疑,仔细察看在座的每一位客人,然后幽幽地问了一句:你们当中谁150岁?

我和妻兄与妻嫂150岁留影　　我和妻兄与妻嫂180岁留影

一晃10年过去，如今我们三人都已60岁。这正是前面所说的"180岁"与"再庆祝"的由来。

女儿十分积极，说，180岁意义重大，要办得喜庆一些。

活动开始以后，女儿让我们三人上台，然后给我们戴上事先准备好的红围巾。果然，喜庆氛围顿生。

时间过得真快呀！记得10年前妻兄与妻嫂的儿子还在读硕士，如今已博士毕业，创出了自己的一份事业，还生了两个大儿子；我的女儿在这10年间读书、工作、结婚、生子，如今小宝贝也满周岁了。

女儿变戏法似地拿出三块事先做好的牌子，让我们举起，然后招呼大家拍照。三块牌子合起来便是：我们180岁啦！

活动结束后，大家将各自拍摄的照片传到"欢乐大家庭"。群里，很快便收获了许多好评与祝福。有的说，180岁创意好，别出心裁；有的说，三位寿星看上去年轻，风度翩翩；也有的说，即将进入老年人序列，要放慢生活节奏，保养好身体……

看看大家的留言，再翻翻一张张喜庆快乐的照片，我的脑海里交替出现60岁、180岁两个数字，这令我想起之前岁月的林林总总，同时也让我思考之后岁月可能出现或应该出现的状态情形。

我陷入了沉思：60岁之前，我们都是在忙碌中度过的，为学业、为工作、为家庭，时刻处于打拼状态。如果说一个人60岁之前既是为自己，也是为家庭打基础的话，那么，60岁以后才是真正为自己活着的。因此，在60岁以后几十年人生的活法，是决定人的一生是否精彩的关键所在。那么，在今后的岁月里，我们应该选择怎样的活法，或者说应当追求和保持什么，或者说我们该以何种姿态走到人生的终点呢？我觉得，我们至少应当追求和保有以下三样东西：

首先要有"情"，主要是亲情、友情和爱情。60岁以后离开职场逐渐回归家庭，亲情、友情和爱情显得弥足珍贵，需要精心养护，用心浇灌，让人生后半程的幸福感变得实实在在。在这三"情"中，最切不断的是亲情，最不能忘却的是友情，最刻骨铭心的是爱情。我想，今后应当多抽些时间陪伴老妈，多与老兄弟、老姐妹交流，多与老朋友、老同学、老战友聚会。当然，最重要的是要善待与自己朝夕相处、相濡以沫的老伴，在经历了三十多年共同的日子以后，今后能再共同度过更多个健康快乐的日子，携手走完人生之路。

三代人共庆

再就是要有"趣"，主

要是指情趣、乐趣，还要知趣。我想，今后不必强做有用之人，因为已经用了几十年，家庭用、社会用、组织用、领导用，这个时期首先要"知趣"，淡泊名利，回归自然；同时，要做个有趣的人，尽量培养与家庭和孩子有关的"情趣"，并且将这种情趣转化为生活的"乐趣"。我准备结合自己的兴趣爱好，在坚持写作的同时，学习摄影技能，将更多的精力放在外出旅游和与外孙女相处上，多拍一些自然美景和外孙女的成长照片，多写一些涉及人文与内心灵魂的文字，在自己的公众号"今有所悟"和以外孙女名字命名的"典眼看世界"上发表，让生活增添几分色彩。

　　还有一点也很重要，就是要有健康的身体和心灵。人到60岁，我们已从"知天命"走到"耳顺"，即将进入耄耋之年，这个时期我们时间富裕了，空间广阔了，阅历丰富了，经验成熟了，生命得到了全面自由的舒展。如果说年少时的重点是学习，入职以后的重点是事业，那么，在过了60岁以后，人生最重要的应该是健康，包括身体的健康与心理的健康。如何保持身心健康？我十分赞同"做减法"的观点：人过60以后，要学会用减法来打点生活，减压力、减负担、减责任、减麻烦、减辛苦、减苦恼、减一切看似多余的东西，想问题做事情更多地顺从本心，走自己的路，看自己的风景，把日子过慢，把江湖看淡，把真情看重，把心性放软……如此，才能轻松地面对人生，在人世中享受属于自己的那一份顺其自然的生活，在变老的路上把自己变得更好。

　　傍晚，我沿环城河散步，正逢夕阳西下，天空中出现许多云霞。云霞的形状与色彩变化极多，像是团团棉花，整个天空充满了瑰奇的神秘色彩。望着艳丽的晚霞，我沉思：如果把人生比做红日，那么晚年就是夕阳。从喷薄而出的激动到旭日冉冉的蓬勃，从艳阳高照的壮丽到日悬中天的热烈，从日渐西斜的成熟到夕阳落山的丰满，这是生命的完美历程!

又想起十年前那位可爱姑娘问"谁150岁"的情景，我轻轻地笑了。我想，150岁也好，180岁也罢，这并不是简单的个体年龄叠加，其实它还包含着"共同"的意蕴。就是说，家庭是个整体，一个家庭建立以后，随着长期的碰撞与磨合，逐渐形成各自明确的分工，逐渐形成了"一个都不能少"的局面。如果说家庭是个木桶，幸福是桶里的水，那么每个家庭成员便是组合成这个桶的木板，少任何一块木板，家庭的幸福之水便不复存在；我想，我和妻子，我和我的家族亲人，能够在过了180岁生日之后，还能共同度过210岁、240岁和270岁等更多个健康快乐的日子！

今有所悟

2019年3月

典眼看世界

典，含有标准、法则的意味；典眼，可以理解为符合标准、法则的视角；典眼看世界，可定义为以典悦小姑娘独特的视角，来观察领悟这个神奇有趣的世界。于是，我开辟"典眼看世界"栏目，定期在"今有所悟"平台与朋友圈中发布图文。

外孙女出生以后，女儿和女婿经过一番商议，取名典悦。女婿解释道：此名出自《尚书·舜典》之"命汝典乐"，因"悦"与"乐"同音，而"悦"又兼有高兴、愉悦的意思，故替"乐"为"悦"。

出处原文为：帝曰：夔！命汝典乐，教胄子，直而温，宽而栗，刚而无虐，简而无傲。诗言志，歌永言，声依永，律和声。八音克谐，无相夺伦，神人以和。

此文大意是：舜帝任命"夔"掌管音乐事务，负责教导年轻人，使他们正直而温和，宽大而坚栗，刚毅而不粗暴，简约而不傲慢。诗是表达思想感情的，歌是唱出来的语言，五声是根据所唱而制定的，六律是和谐五声的，八类乐器的声音能够调和，不使它们乱了次序，那么神和人都会因此而和谐了。

我觉得此名读起来上口，出自名篇，寓意也是极好的。而其中的

"典"字，庄重高雅，可连接许多积极正面的字眼：典型、典范、典雅、典籍、典章、典礼……取名典悦，会使人联想到"经典而令人愉悦"，感受人生的一份美好。

典悦一天天长大，开始有自己的思想意识。我发觉，小家伙好奇、灵动，每每相处，总有一些温馨有趣的场面留存在心头，似乎在提醒我应该做些什么。以前养女儿时，因工作忙较少陪伴，留下不少遗憾；如今随着退职与退休的临近，我拥有较多可以自由支配的时间。有一天拍照时，我发现典悦的眸子闪着灵光，似乎在探寻、思考着什么。忽然，我的脑海里跳出五个大字——典眼看世界！

我仔细琢磨起这几个字眼：典，含有标准、法则的意味；典眼，可以理解为符合标准、法则的视角；典眼看世界，可定义为以典悦小姑娘独特的视角，来观察领悟这个神奇有趣的世界。

我在自己的"今有所悟"公众号及今日头条平台中开辟"典眼看世界"栏目。

从此，我着魔似地进入了一种不可思议的状态：每当与典悦在一起时，我便留意她的各种言语举止，随时拿出手机拍摄；我会别有用心地制造一些场景，启发她的好奇心，将她刹那间的表情抓拍下来；我常有意识地组织一些户外活动，捕捉她对新奇事物的反应……而在空闲的时候，我则习惯性地打开手机，整理拍摄的照片，删除大部分不合意的，对精选留存的照片进行编辑，然后以典悦的口吻配写文字，在"今日头条"和朋友圈上发布……

我发现，拍摄与选择有特色的照片固然重要，但给特定的照片配写适当的文字则更不可怠慢。给照片配写文字，犹如给一只躯体注入灵魂，能使一张看似普通的照片顿时鲜活灵动起来。虽然我在一些新知识、新技能方面可能落后于当代年轻人，但我能以自己几十年职业生涯形成的基本价值观、人生观，启发典悦客观地认识自我，养成学习的习惯、思考的习惯、感恩的习惯、为他人着想的习惯，引导她做一个正直的人、坚强的人、善良的人、有趣的人、内心充满阳光并且能够不断挖掘自身潜力与自我完善的人。

翻阅着一张张充满灵性的照片，回想前期拍摄与后期编辑制作、配写文字的情景，我觉得，这些图文尽管比较粗糙简单，但它们有着独特的与众不同的意蕴：它是刚刚降临人世的典悦小姑娘眼里的新奇有趣世界，它是一个外公期待外孙女日后成长的模样，它是祖孙两代人情感交流的一条纽带，它是以典悦小姑娘为主角、全体家庭成员共同参与的一出出现实版的童话剧……我想，在今后的日子里，我会不断地将这些图文以及这些图文所蕴含的道理讲给典悦听，使她在潜移默化中健康快乐成长。

我希望通过持续做这件事情，使典悦的视野不断拓展，使"典眼"看到的世界更加丰富多彩，而她的人生也因此增添色彩。同时，我也希望通过制作和欣赏这些图文，给我的晚年生活带来更多的"小确幸"，体味那种"甜柔、丰饶、温暖"的感觉，像"一勺充满花香的蜂蜜洒在心头，清晰地感受到它流淌、漫溢、消失"。在若干年以后，我将以《典眼看世界》为题，制作成一本集子，在一个特殊的日子送给我的典悦。

2019年11月

可悦品人生

外孙女典悦出生以后，我在自己的公众号上创建"典眼看世界"栏目，不定期发布图文。二宝可悦出生以后，我也想创建一个类似栏目。几经斟酌，决定取"可悦"之名，后添加"品人生"，栏目定名为"可悦品人生"。

外孙女典悦出生以后，我在自己的公众号上开辟"典眼看世界"栏目，不定期发布图文。

去年10月，第二个外孙女出生。我说，二宝的名字最好连接大宝的"典"或"悦"。如用"典"字，可延续"典眼看世界"栏目，注以"大典"与"小典"；如用"悦"字，则需另作打算。

二宝出生后，取名可悦。女婿解释说，"可悦"出自欧阳修的《秋声赋》"丰草绿缛而争茂，佳木葱茏而可悦"。意为：绿草浓密丰美，争相繁茂，树木青翠茂盛而使人快乐。

我端详可悦：五官端正，皮肤白晰，尤其是一对眼睛明亮有神，甚是机灵生动。我连声说：名如其人，可悦可悦！

我想也给可悦创建一个类似的栏目。取个什么名称呢？"诸事皆可悦"？意寓不错，但与大宝"典眼看世界"不对称，不妥。"悦心品人生"？比较高雅，但"悦"亦是大宝"典悦"之"悦"，非"可悦"之独有，也不妥贴。还是以"可"字开头为好。"悦"为两姐妹之共性，"可"与"典"才是两姐妹个性。我想到了"可心阅人生"与"可心悦人生"，虽与大宝的"典眼看世界"相对，也不甚称心。几经斟酌，最终决定取"可悦"之名，后添加"品人生"，栏目定名为"可悦品人生"。

我理解，"可悦"之"可"，意为可能、可以，强调通过主观努力能够达到的结果；"可悦"之"悦"，意为高兴，愉快，是一个人应当保持的常态。而"品人生"之"品"，有品评、品第、品味之意，重在分辨人生百味，品味生活中的甜酸苦辣；"品人生"之"人生"，是指在真正了解社会、懂得生活之后，依然拥抱社会，热爱生活。若将"可悦品人生"整句连接起来，便是指一位名叫可悦的小姑娘品味人生，亦指这位小姑娘在"可悦"的状态下品味人生。

我凝视着"可悦品人生"五字：我该如何去做这个栏

可悦有"悦"

可悦能"悦"

目呢?仔细思量之后，我将思维定格在栏目语的"悦"字上——分三个层面来做"悦"的文章：

第一层面，提供"有悦"的环境，重在为孩子营造"可以悦"或"值得悦"的外部环境。具体而言，要在家庭中注入更多情与爱的元素，让孩子在温馨和谐的环境中成长；要营造读书学习的氛围，在家庭中注入更多知识与社会主流文化元素，让孩子在健康的家庭教化中成长；要营造求新求变的氛围，经风雨，见世面，保持对新思想、新事物的适应能力，让孩子在复杂多变的社会环境中成长。

第二层面，培植"能悦"的细胞，重在传授积极、向上、乐观的正能量。比如：激发孩子持续的求知欲望，专注的精神力量，向善的人格品质，良好的生活习惯，以及对长辈的孝心、对弱者的同情心、对美者的欣赏心……这些，都是"能悦"的细胞；将这些细胞有意识地植入孩子的心田，并精心浇灌培育，便会很快发育生长，然后自然地洋溢在脸上，融入到言谈举止中，逐渐形成一种感恩亲人、感恩家庭、感恩社会的品质。当一个人具备这些品质之后，便能从百味人生中品尝出美好、幸福的味道来。

第三层面，进入"常悦"的状态，重在探寻一条能够持续保持"常悦"状态的路径。我想到进入这条路径的三个入口：一为"动"——敞开胸怀，走出去，感知万千世界，发现生活的新奇与美好。二为"静"——静下来读书学习与思考感悟，让灵魂在诗书的滋养沉淀中升华。三为转化——一个人入世以后，有笑不完的人间好事与喜事，也会遭遇各种的不如意，操不完的心，受不完的磨难，解不开的百愁、千恨、万怨。从总体上看，人的一生，不如意之事多于如意之事，这才有"人生不如意十有八九"的感叹。因此，我们要善于从不完美、不称心的现实境遇中发现美，感受美，将人生如意之事的概率提升、放

可悦常"悦"

大，同时将不如意之事的比例降低、缩小，并善于从不如意的境遇中寻找和发现如意的成分，或将不如意之事转化为如意之事。唯有如此，才能在复杂、艰难的现实社会里坚持初心，做"可悦"之人，行"可悦"之事，进入并尽可能持久地保持"常悦"的状态。

我觉得，策划、导演这个栏目，其实就是一个通过与孩子互动，将大人的期望转化为孩子自身的知识素养与综合能力的过程，也是一个策划、导演"可悦"幸福人生的过程。当然，策划、导演"可悦"的人生，主要是"可悦"的父母和"可悦"自己。而我，作为"可悦"的外公，只是尽可能多地打点底色，奠定一个良好的基础。

"可悦"的人生，才值得品啊！

2020年6月

我的高祖金培明

我的高祖生活在清朝道光年间，一生酷爱读书，早年考上秀才，花甲之年中举人。不久前老家修村志时，发现高祖于1840年写的《育衡公传》。此文展示了那个时代乡村社会的一个缩影。

周日参加上虞百名作家走镇入村采风活动，来到家乡陈溪乡太平山村。我发现，村里展示的五个清廉小故事，居然有我的高祖、父亲和我本人。高祖在清廉小故事中，以《育衡公传》作者的身份出现。

我凝视着高祖的《育衡公传》，忽然想到：高祖写作此文的时间是庚子年1840年；第二个庚子年1900年，我的奶奶、高祖的孙媳妇出生；第三个庚子年1960年，我出生；如今是第四个庚子年2020年，我与高祖同时展示在村里的清廉小故事中。我觉得，我与这位高祖似乎有着非同寻常的渊

高祖写的《育衡公传》入选《清廉小故事》

源。我想，我应该写写这位传奇的高祖。

高祖给父母立的墓碑

高祖是怎样的一个人呢？金家祠堂已于20世纪40年代被日本鬼子烧毁，后又遇"文革"破四旧，家谱失传，相关文字资料无从查找。

去年堂弟阿泉从家宅附近的地下挖出一块石碑，去除泥土，见到字迹清晰的碑：

清道光甲午三月吉旦 清金公存道府君元配许氏孺人之墓

男培明　培年立

我请教村里最有文化的人——表哥金慎言老师。慎言哥考证后回复我：前项是立碑时间；正文府君、孺人是对逝者的尊称；后项是立碑人，男即儿子。培明、培年是存道的儿子。

明白了，这是我的高祖金培明与弟弟金培年给父母立的墓碑。高祖的父亲名叫金存道。

慎言哥推测，碑文应是我家举人老爷金培明的手书。

我与兄长一起回忆长辈们对高祖的描述，但更多的还是从不久前老家修村志时发现的高祖留存作品《育衡公传》中，探寻这位令我们后辈敬仰老人家的真实面貌。

高祖是个终身苦学的人。高祖，我爷爷的爷爷，生活在清朝道光年间，一生酷爱读书，早年考中秀才。秀才是民间俗称，本义是"秀出之才"，其通称或正规称谓应该是"生员"。秀才还有许多别称，如"茂才""庠生""博士弟子员""相公""官人"等。在当时，秀才只是参加科考的基础资格，却也极其不易，必须熟读"四书五经"，而且还要掌握其中的含义以及前人的解意，估计有几百万字。高祖考中秀才后，接着参加乡试考举人。乡试是省一级考试，三年一次，难度更大。拿明朝来说，明朝276年，考上举人约10万人，平均每年362人。高祖虽屡试不中，但矢志不移，终于在花甲之年中举。朝廷为其在金家祠堂立功名旗杆，在祖屋挂"文魁"牌匾。高祖从此成为当地有名的士绅。

高祖是个写作技艺高超的人。高祖的《育衡公传》写于1840年，全篇626字，成功塑造了育衡公这一人物形象。仔细品读，高祖语句凝练，结构严谨，层次清晰，文章紧扣育衡公的"孝"这一主题：开头简要交待主人公的概况，然后直奔主题："余尝考厥生平，洵詩所謂孝子不匱者也"：我曾考察了解他的生平事迹，确实如《诗经》所说层出不穷的孝顺子孙啊。接着，高祖用"嗚呼"一词，展开全文。先从正面写其对母亲的"纯孝"："故慈闈承歡，不離朝夕，出必告，反必面"；"且其年益壯，其孝彌篤，夙興夜寐，無忝所生"。继而，侧面烘托：其母虽"意性堅執，似難承順"，然公"自幼及長，初無忤意"。文中还提到其岳父陈公连嫁二女：陈公嫁长女，是因为育衡公"聞孝行可風"；长女逝世后陈公再嫁次女，则是因"目覩其閨孝行"，高祖由此发出"陳公之擇壻罕矣，而公之為人彰矣"之感叹。读罢全文，一个"纯孝"的育衡公形象跃然纸上，给人留下深刻印象。

高祖是个学识渊博的人。初看《育衡公传》，感觉艰涩难懂，便请单位一位古文造诣很深的同事帮助翻译；结合注释再读，真切感受到高祖深厚的文学功底。文中引经据典，"四书五经"及圣贤之言信手拈来。高祖在考察了育衡公的生平事迹后，引用了诗经"孝子不匱"一语。此句出自《诗·大雅·既醉》"孝子不匱永錫爾类"：孝顺的子孙层出不穷，孝子之行非有竭尽之时，上天会恩赐福祉给孝顺的人。在写夫人陈孺人去世后育衡公的悲痛心情时，高祖用了"號泣於旻天"一词，意为对着天诉说、哭泣，出于《孟子·舜往于田》"言舜之怨慕父母之时，日往于田，号泣诉於旻天、于我之父母也"。写人之暮年，高祖引用"耄期"一词。耄，通"耄"，出自清·魏源《圣武记》卷十"三省荡平，上终先帝耄期未竟之志"。高祖称贤妻为"淑配"，出自《元史·后妃传一·完者忽都皇后》之"春若中宫之位，允宜淑配之贤"。为避讳育衡公的死，高祖巧用"九原有知"，出自唐杜甫《哭长孙侍御》之"惟余旧台柏，萧瑟九原中"，明·孔贞运《明兵部尚书节寰袁公墓志铭》之"今海水几沸，天子拊髀思熊罴不二心之臣，安得起公于九原也"。

高祖是个崇尚传统道德的人。高祖在叙述育衡公事迹及相关人物时，对于符合中国传统道德的人与事，大加褒奖赞赏，多处使用溢美之词。例如，写育衡公本人：用了"居家和、處世恭，培祖墓、修宗譜，性仁喜息事為人排難，家貧好施與不圖後報"；在写育衡公对母亲的孝行后，引用孟子语"不得乎親，不可以為人；不順乎親，不可以為子"。再如，写育衡公妻子陈孺人，在丈夫去世后"事姑益善，終養天年；撫育嬰孩，嫁娶大計一切胥賴其區畫"。写到这里，高祖再次发出赞叹"美哉！閨範足挹"：美好啊，这是女性道德规范的充分彰显！此外，高祖还将育衡公这一人物置于社会大背景与乡里小环境之中，通过"四方聞之莫不稱道""鄉黨父老盛傳其事"等情景人物的描写，形象地展示了中国晚清农村在外国列强入侵之前，重孝重善、民风淳良的真实状况。

…………

想起了五十年前的一段往事：我10岁时祖母去世，父亲处理完祖母的后事带我去远方海滨城市青岛。因路途遥远，好多想带的东西无法带走，但我最终却带走了一块很重、缺了一只角的砚台，硬是装在大衣口袋带到青岛。兄长金钢见证了这一情形，评说："或许正是从那时起，老弟骨子里爱学习的元素苏醒了。"

　　之前，我一直没能理解兄长说的我这骨子里的元素来自何处？现在我明白了。原来，在我们的先祖中，有位一生苦学的举人老爷，他饱读诗书，满腹经纶。他的学习精神以及讲究孝道、仁心、与人为善等传统优良道德品质，被乡邻传为佳话，受到当时社会的尊崇，并通过血脉传承与家庭教化，影响和改变后辈的人生，激励我们成长为对家庭和社会有用与有益的人。

2020年7月

今
有
所
悟

附：育衡公傳原文

育衡公傳

　　公諱育衡行三姓張氏余嘗考厥生平洵詩所謂孝子不匱者也嗚呼公自幼一孤子耳年甫總角慈父見背雖有兄弟後先早殂所賴公母王太孺人躬親撫養以長以教俾至於成人公性純孝及捎長嘗曰我不獲睹先君之笑貌我生何不辰也故慈闈承歡不離朝夕出必告反必面不假虛飾出自真誠雖以王太孺人之意性堅執似難承順而公自幼及長初無忤意孟子曰不得乎親不可以為人不順乎親不可以為子公庶乎其得親順親也夫且其年益壯其孝彌篤夙興夜寐無忝所生此已足以見公之大節矣而外此更有何歉稽其行事居家和處世恭培祖墓修宗譜性仁喜息事為人排難家貧好施與不圖後報四方聞之莫不稱道然亦無非純孝之心所流露焉耳公真人傑也哉公元配孺人陳氏城西蔡山靜山陳公女也初陳公有二女聞公孝行可風即以長女適公公娶之甚和好不數年而陳孺人逝世焉公於斯時悲忼儷之未永固難豝置而母心莫慰更覺悲鳴疾痛不勝號泣於旻天而陳公目覩其閨孝行如斯知其生平無不如斯仍以次女適之公固辭不得命又娶之吁陳公之擇壻罕矣而公之為人彰矣至於公之得壽亦不卜可期矣夫何不享耄期之壽而竟行年五旬親喪未執永訣高堂以致九旬老母曾抱無男之痛髫齡幼子早深無父之悲天之報施善人其何如哉幸得陳孺人事姑益善終養天年撫育嬰孩嫁娶大計一切胥賴其區畫公所未竟之業得淑配而相與有成美哉閨範足挹而實則公之孝思早刑於焉嗚呼積善之家必有餘慶余以知張氏之福蓋未艾也余不及見公迄今三十餘年鄉黨父老盛傳其事動謂孝行足式余耳熟也故能祥也因不愧拙劣聊誌

實績九原有知應亦甚慰焉已

　　　　　　　　　　　嵩
道光二十年歲次庚子相月上澣
　　　嬸晚金培明首頓謹撰

今有所悟

第二辑

远方

Chapter Two

　　有人说，人的一生至少要有两次冲动，一次为奋不顾身的爱情，一次为说走就走的旅行。于我而言，早已过了前一种冲动的年纪，却一直在期待与尝试后一种冲动。

　　在我看来，向外奔走是旅行，在内思考也是旅行，凡是探索、追寻、触及那些不可知的情境，无论是风土的，还是心灵的，都是旅行。当感到身心疲惫的时候，我喜欢向外奔走，驰骋在旷野郊外，驰骋在运动场馆……我也时常在属于自己的时光里，恣意拓展自己的内心空间，让思想驰骋，让生命升华……

　　我喜欢用腿游走世界，用眼观察世界，用心感受世界，体验真正的心灵解放，让心灵在行走时、观赏间与空暇的思考感悟中清空垃圾，变得澄净、丰富和富有韵致。

　　我将这些真实感受记录在本辑文字之中。

飞机上的遐想

人一生中两个最大的财富是才华和时间。才华越来越多，但是时间越来越少，我们用时间来换取才华。如果时间一天天过去了，而我们的才华没有增加，那就是虚度了时光。

初秋时节，我随团赴英国公务考察。

下午三时，我们乘坐的上海飞往伦敦的国际航班客机起飞。飞机缓缓升高，在灰暗的天空中穿越，乱云从窗外急速掠过。很快，飞机冲出了云层。

我倚窗而坐，观赏云影天光：层层洁白的云朵，像是丰收的棉花堆积成大小不等的山丘，延绵无垠；一碧如洗的天空，蓝得醉人、蓝得纯粹。我感觉，这个时候的世界简单成了一片天，一堆云，还有云层上面朗照的太阳，开阔、宁静、大气。在这样的世界里飞行，让我想到一种境界，思想的境界、艺术的境界，出神入化的境界……

地理常识告诉我，地球以

每秒四百六十五米的速度自西向东转动，而我们的飞机则自东向西，以每小时九百公里的速度飞行，颇有夸父逐日的气度。

古时候，人们以"一日千里"来形容快的速度。如《史记·项羽记本纪》中说："吾骑此马五岁，所当无敌，尝一日行千里，不忍杀之。"设想一个人每小时行走五公里，这样不停地走，一昼夜可走一百二十公里。如果一匹马每小时跑二十公里，一昼夜不停地跑，是九百六十里，还跑不到一千里，可见当时用"一日千里"来形容高速度，还是很恰当的。而如今，再用"一日千里"来形容高速度就过时了。在地球上，每个人每天都要随地球自转一周。这一周有多远呢？毛主席著名的七律《送瘟神》写道：坐地日行八万里，巡天遥看一千河。这里的"坐地日行八万里"，是说一个人坐在一个地方一天不动，就已经走了八万里。仔细想想，觉得蛮有意思：地球自转一圈二十四小时，即走过了八万里；时间过去二十四小时，地球即完成了八万里的一圈自转。但这八万公里，只是指赤道地区。不在赤道地区，每日旋转的距离就小于八万里。例如，首都北京位于北纬四十度，每天旋转为六万一千三百六十二里。

飞机在距离地面万米以上的高空飞行。

时间一点一滴地过去，可天空的亮度与蓝度始终没有变化……我举腕看表：晚上八时。这时家乡的太阳应该已经落山，而我们飞机的上空却是光亮依旧，湛蓝依旧。

我们的飞机终究没能追上太阳。十二小时以后，也就是伦敦时间晚上八时，我们这架飞行了九千二百公里的飞机终于在伦敦机场降落，此时北京时间已是次日的凌晨三点，而伦敦的太阳却依然明晃晃地挂在西天。

走下飞机的片刻，再次凝望即将沉入地平线的黄昏落日，我的心底升起一种莫名的情感：是留恋？是惆怅？是失落？是期待？一时竟然说不清楚……

李开复先生有一个观点：人一生中两个最大的财富是才华和时间。才华越来越多，但是时间越来越少，我们用时间来换取才华。如果时间一天天过去了，而我们的才华没有增加，那就是虚度了时光。

我觉得，李开复先生的这段话十分深刻。他告诫世人：人的一生时间有限，我们要用有限的时间来换取才华。随着时间的流逝，自己的知识才华应当不断增加，否则便是虚度时光；一个人如果虚度时光，到终了都不能给社会和家庭留下点有益、有用的东西，那么，他的人生便是失败的。

是啊，时光，总是在不经意间匆匆溜走，就像朱自清先生在《匆匆》里说的，"洗手的时候，日子从水盆里过去；吃饭的时候，日子从饭碗里过去；默默时，便从凝然的双眼前过去"。看我自己，也在飞快流逝的时间中逐渐变老。寒来暑往，秋去冬至，我已迈过天命之年的门槛。仔细回想这五十多年的时光，感觉时间过得好快。有时候静下心来，觉得自己年少时玩耍与学习的那段时光仿佛刚过去不久，似乎就在眼前。有时候还没缓过神来，一个星期就消逝在了记忆里。老话说人生苦短，以前在不谙世事的年纪倒还不曾领略，随着年岁的不断增加，我开始渐渐地领悟到其中的含义。人生表面上看来有近百年的寿命，似乎相当漫长，其实不然。从我们呱呱坠地那一刻起，时间就从来没停止过飞快流逝的脚步：托儿所、小学、中学、工作、结婚、生子，再到子女出生、长大、成家，这其中时间的跨度虽然很长，但过得飞快。

我想，我们无法阻止时间的流逝，但是我们可以利用时间。在我们的手中，握着的可能是失败的种子，也可能是成功的无限潜能，答案需要我们自己选择；只要兢兢业业地工作付出，而不是碌碌无为虚度光阴，就能够对自己的人生负责，就能够在飞快流逝的时间里留下自己独特的印记，品味自己独特的人生。

　　伦敦的太阳已经沉入地平线，夜幕下万家灯火。我知道，再过十几个小时，太阳仍将从这里升起。

　　我珍惜傍晚的落日黄昏，更期待清晨的美丽朝霞！

2010年9月

今
有
所
悟

穿越塔克拉玛干沙漠

被称为"沙漠植被之王"的梭梭，其成功并非来自于侥幸，而在于其特殊的环境适应能力。面对干旱异常的天气，面对恶劣的自然环境，它不观望，不犹豫，不拖泥带水，一旦遇水，在几小时内便迅速生根发芽，快速地生长繁殖，蔓延成片。

夏末秋初，我参加本地政法工作考察团，赴新疆考察两地警务合作事宜。到达乌鲁木齐后，我们转机抵喀什，然后驱车经阿什图、和田、于田，沿着公路穿越塔克拉玛干沙漠，到达库尔勒，最后又回到乌鲁木齐登机返绍，在辽阔的新疆大地上划了个圈。整个行程中，最令我震撼的，是那条全世界上最长（552千米）的沙漠公路：蜿蜒于一望无垠的亘古荒漠腹地，将死亡之海从中间

塔克拉玛干沙漠公路

绿化植物与细水管相伴

一劈为二；而更让我惊讶的，是沙漠公路两边的植物绿化带，像绿色长龙一直追随护卫着沙漠公路，让鸟飞不过、野骆驼也望而却步的死亡之旅成为充满生命气息的坦途。

在汽车行进中，我不时远望起伏延绵、浩瀚无边的沙丘，时而近观公路旁的植物绿化带。我感到奇怪，沙漠地区环境十分恶劣，这些植物是如何在这里生长的？我询问同行的当地公安局干部小郑。小郑告诉我，这种路边生长的植物叫梭梭，是一种灌木植物，一般只有三四米高，外形也不出众，可是它顽强挺立，迎风顶沙，给沙漠带来了生机活力，成为这里的独特景观，也成了戈壁上最优良的防风固沙植被。

"它们是怎么成活的呢？"我好奇地问。

"正要跟您说呢。"顺着小郑的指向，我看到在梭梭的根部，有一条条细水管。小郑说，这些沙生植物都是滴灌的，所以绿化带里每行植物下面都有一条细水管相伴。

我一瞧，果然，绿化带的沙地上有一摊摊的水渍，水渍处便是一株株生机勃勃的沙生灌木。

滴灌管道沿公路一起向前，每隔若干公里就有一间红顶蓝墙的小房子，点缀在防沙植物带中，为单调的沙漠增添了一抹亮丽色彩。

小郑说，这就是为防沙植物提供生命之水的泵房，它以太阳能电池作动力；房子边上的银白色物件是供水压力罐，水在压力作用下汩汩流向植物根部，生命由此体现出它的价值与辉煌。

竟然如此的神奇！望着这些与公路一同伸向天际的茂密植物，我不由得惊叹起来。

在与小郑的进一步交谈中，我知道了一些有关梭梭树的知识：梭梭树能在自然条件严酷

为防沙植物提供生命之水的泵房

的沙漠里生长繁殖，迅速蔓延成片，这与它具有适应沙漠干旱环境的本领是分不开的。梭梭的叶严重退化，叶片光合作用的功能已被三角形的鳞片枝条取代；梭梭的根进化得很发达，主根可以扎到地下10米深。她生有上、下两层侧根，随时吸取水份，并牢牢地抓住沙层。最神奇的是梭梭的种子，专家经过研究发现，梭梭的种子是世界上发芽时间最短的，只要得到一点水，在两三小时内就会生根发芽。

噢，我知道了：被称为"沙漠植被之王"的梭梭，其成功并非来自于侥幸，而在于其特殊的环境适应能力。面对干旱异常的天气，面对恶劣的自然环境，它不观望，不犹豫，不拖泥带水，一旦遇水，在几小时内便迅速生根发芽，快速地生长繁殖，蔓延成片。

望着眼前闪过的一株株充满生机的梭梭树，我想像着它们遇水后快速生长的情形……忽然，我想到了"进化论之父"达尔文的"适者生

我在塔克拉玛干沙漠腹地

存法则"：在生物进化过程中，只有那些最适应周围环境的生物才能生存下来，否则将被淘汰。也就是说，每种生物在繁殖下一代时，都有可能出现基因的变异；若这种变异有利于生物更好生长，那么这种有利的变异就会通过环境的筛选，以"适者生存"的方式保留下来。

我的心中不由一动："适者生存"不仅是一项自然法则，也是一项社会法则。

我想到我们所处的现实社会，无论是经济领域，还是人生职场，要想生存发展，都必须学会适应周围环境，找到适合自己的生存法门。在当今激烈竞争的社会环境下，如果我们不能掌握比别人更多更有用的知识，不能随着环境的变化不断地改变自己，那么迟早会被社会淘汰。

如此看来，唯有根据现实社会要求，去主动适应环境或环境中的某些变革，才能不断增强自身的抗挫折能力和艰难恶劣条件下的生存能力，也才能穿越人生旅途中的一个个"塔克拉玛干沙漠"。

2012年8月

登诸葛仙山感悟

我因登山运动过量，导致半月板撕裂引起膝盖积液，经过几个月治疗静养，才有所好转。经过此次运动、疼痛与静养之后，我开始思考一个问题：人究竟是运动好还是静养好？

两月前一个风和日丽的早晨，我与二十几位朋友相约攀登本地的诸葛山。诸葛山又名诸葛仙山，位于绍兴市越城区富盛镇，相传是东晋著名的道学家、医学家、博物学家葛洪和他的堂祖父葛玄修炼之地，至今山上还有葛仙丹井、求雨龙池等遗迹，诸葛仙山因此得名。在绍兴，诸葛山算是高峰了，海拔572米。坊间流传：香炉峰高，不及诸葛山腰，讲的就是绍兴人最喜欢登临的香炉峰，其实高度还不及诸葛山的一半。

早饭过后，我们在诸葛山脚下聚集。我从小在山里长大，喜欢走山路，对于登临此类小山，自忖不在话下。半小时后，我们的登山队员大致分成了前、中、后三个阵营，我越走越快，不断超越前面的年轻队员，在即将到达山顶之时，终于跻身第一阵营，冲刺登上了顶峰。

我为自己的这次过量运动付出了代价。第二天，我感到右腿不正常：下蹲时感觉膝盖绷紧，但并不疼。晚上散步途中，感到膝关节处特别疼痛，无法伸直和弯曲，难以行走。到医院一检查，原来是因为超负

位于绍兴越城区富盛镇的诸葛山

荷运动，导致半月板撕裂引起膝盖积液，经过几个月治疗静养，才有所好转，但此后一直不敢过量运动。

经过此次运动、疼痛与静养之后，我开始思考一个问题：人究竟是运动好还是静养好？有人说"生命在于运动"，也有人说"三分锻练七分养"；有人说"饭后百步走活到九十九"，也有人说"起的早不一定身体好"。按照我自己的理解，人是否健康长寿，原因很多，从生理方面讲，有先天遗传的因素，也有后天养护的因素；从日常生活上看，有饮食方面、卫生方面的因素，也有生活环境与心理方面的因素。此外，还有一个重要因素，那就是运动。

法国思想家伏尔泰曾提出"生命在于运动"。我认为，对"生命在于运动"这一论断，应从内涵与外延两方面来理解。从内涵方面看，生命的产生在于运动，运动是生命诞生的前提条件，没有物质运动就不会有生命的产生；生命的存在在于运动，运动是生命存在的基础，维持生命体存在，离不开物质运动；生命的发展在于运动，运动又是生命发展的动力和源泉。而从外延方面看，生命运动不仅包括植物、动物、微生物运动，更包括人类生命体运动；对人体生命体来说，不仅指机械运动，还包括物理运动、化学运动、社会运动和思维运动；不仅包括宏观的躯体运动，还包括微观的细胞运动、分子运动等诸多运动形式。所以，从这种意义上讲，"生命在于运动"是成立的，运动能促使人的身心健康。

诸葛山小路

但是，"生命在于运动"不等于"长寿在于运动"。从医学角度看，长寿在于静养而不在于运动。这是因为，运动虽然可以促进血液循环，加速新陈代谢，改善器官功能，但同时也会导致心率加快，新陈代谢加快，细胞的分裂和老化加快，从而影响人的寿命。

那么，我们应该如何处理动与静的关系呢？我觉得应当遵循中医主张：动以养身，静以养心。

一方面，人体需要运动。人在进行运动时，收缩的力量加大，血液循环量增加，体内能量消耗增加，由此促进体内新陈代谢，使心脏机能得到改善，这是动以养身的基本原理。但是，动以养身之"动"，应是适量之"动"，不可过度。适量运动，可通畅经脉，促进气血运行，增强心肺功能，利于胃肠对食物的消化吸收等；而长期过"劳"，则会出现疾病。因此，我们应当进行有限度的运动，以运动后感到身轻气缓，心悦神清，无明显疲乏感；没有因运动而导致或加重身体不适为准。

另一方面，人体也要静养。静，重在心理调养，排除杂念，调节情绪，让自己的心情平静下来，让自己的身体宁静下来，保持心理平衡，力求身体与外界的和谐。我国最早的医书《内经》，要求人们"意闲而少欲，心安而不惧，形劳而不倦"，说的就是生命需要静养以及静养重在养心的意思。常言道，心静则杂念除，杂念除则气血通，气血通则身心健。倘若遇到财货即思争夺，遇到功名就想索取，遇到权势就想攀附，遇到困难就想推诿，整日斤斤计较，患得患失，这种人必然会劳神伤身，损害健康。人的一生，只要不为名利所累，心中便永远有一片宁静的天地；一个淡泊的心灵，才是健康长寿的基本前提。

　　想起了三国时曹操的一句诗："盈缩之期，不独在天。养怡之福，可得永年。"我想，这"养怡"之"养"，就是指养生，包括饮食起居、生活习惯；而"养怡"之"怡"，则是指开心，是指人的心理状态。天下之万理，出于一动一静。人体是由"形"和"神"构成的，两者统一和谐，才能健康长寿。动为健，静为康；动以养形，静以养神；形动强身，神静养心，刚柔相济，阴阳和谐，相辅相成，方可却病延年。

　　这次登诸葛山虽说付出了身体代价，却给予我诸多启示。这样一想，便又觉得挺值。

2013年6月

人生的化境

生命的意义在于一种人生的化境。一样东西学好了、做好了，将自身的学问、知识、本领、信条化为本能，化为生性，化为本色，化为爱好与习惯，化为快乐与内在要求，在自己置身的行业里自如游走，也就进入了人生的"化境"。

上月我随团赴南美考察，在结束巴西和智利的行程之后来到秘鲁。走出机场，发现迎接我们的地陪导游是位满脸皱纹、嗓音沙哑的女人，看上去有六十来岁。有位团员随口说了句：怎么是个老太婆！随后，大家私下便称她为"太导"。

然而，没过多久，我们便对这位"太导"敬重起来。

上车以后，"太导"给我们讲起秘鲁的历史文化、风土人情、自然风光等相关情况。我发现，这位"太导"其实是位颇有学识涵养的女士。她普通话标准，语调平和，讲述内容专业而且知识性很强。一问，原来她是北京人，在国内做过老师和演员，导游是半路出家，但也有十几年光景。她在介绍秘鲁首都利玛时，说这里是全球著名的"无雨之都"，一年四季没有雷鸣电闪，没有疾风暴雨，也从不结冰下雪；还说这里的很多房子没有屋檐，有的房子甚至没有房顶，墙壁也是用纸糊的；在城里你买不到雨伞，也找不到下水道……我感觉好奇，连忙追问原因。她说，这个问题需要借助地图说明。

第二天，她果然拿出一张秘鲁地图，指图向我们解说，大致意思是：秘鲁位于南美洲西部，西临太平洋，安第斯山脉纵贯秘鲁南北，将国家天然分割为三个截然不同的地理区域：西部沿海地区，是一条太平洋沿岸的狭长地带，占全国领土的11%，属沙漠草原气候，年降水量一般不足50毫米；中部安第斯山区，海拔800~4800米，占全国领土的30%，属热带山岳气候；东部广大林区，由亚马孙河流域的原始森林组成，占全国领土的59%，属热带雨林气候，年降水量2000毫米以上。接着，她解说利马地区形成"无雨之都"特殊气候的缘由：首都利马处于西部沿海地区，主要受南半球幅高和来自大西洋的东北信风控制，幅高因下沉气流所以干燥；来自大西洋的东北信风为南美大陆的东岸带来湿润的水汽，在巴西东南部沿海平原地区形成了非地带性的热带雨林气候，但由于受安第斯山脉的阻挡，西海岸的秘鲁和智利沿岸为背风区，所以东北的信风难以影响此地；另外沿岸的秘鲁寒流减湿，加剧了干燥程度，所以形成了这一最靠近赤道且呈狭长布局地域的热带沙漠气候……

我发现，她的讲解十分准确，各种知识与观点信手拈来，完全融会贯通，而其中有些素材显然并非来自书本。当我提出这一问题之后，她对我说，干一行当然要钻一行。为了系统掌握当地旅游知识，她在阅读中文资料的同时，广泛查阅当地报刊书籍，并进行摘录，还与同行人员研究探讨，慢慢形成了自己特有的知识体系和解说风格。

她完全不是那种完成任务式的导游——她似乎把整个身心都投入到了导游工作之中。

而最令我们感动的，是在古印加帝国古城——马丘比丘。这是联合国教科文组织批准的人类文化遗产，因景点多、时间紧，她抓住一切机会给我们解说，还主动承担起随团摄影师角色，在她认为好的位置，便让大家停下，姿态、表情、这个上、那个下，全由她指挥，而我们每位成员竟然全都任她指挥摆布，没有丝毫的违背和不悦。

望着她忙碌专注的样子，我有一种不可名状的感动。我试图探寻这位敬业而又博学导游背后的东西，但未能如愿。

第二天在机场候机，我翻起随身携带的一本书——《王蒙自述：我的人生哲学》。在翻到"人生之化境"一节时，我读到这样一段文字：生命的意义在于一种人生的化境，而进入化境，也就进入了一种人生的自由王国……一样东西学好了、做好了，也就进入了"化境"。

看到这里，我的心里不由得动了一下。化境，是一种至高的境界，也是人们对精神境界成熟、自由和洒脱的期盼。这位"太导"在她的导游专业领域，不是已进入人生的化境了吗？

正这样想着，发现我们团队的兼职翻译裘菊兰正在用英语与一位国外客商通电话，并不时发出会心的笑声。听得出，他们沟通得非常顺畅。

听同行的团员介绍，裘菊兰曾做过三年英语教师，期间常为布商做兼职翻译。也许正是这份兼职的翻译工作，使她感觉到外贸行业可能更适合自己。于是，她毅然放弃教师职业，选择到高校攻读国际会计专业。毕业后，她到企业从事外贸业务，从办理各种手续开始，逐步熟悉了外贸各个环节的业务。1999年，她组建浙江永通纺织品进出口有限公司，担任董事长。目前，公司产品远销五大洲60多个国家和地区，公司还在国内设有上海、杭州、广州等分公司，在法国、波兰、巴西、叙利亚等地设置办事处，构建了一个立足本地、辐射全球的营销网络，她也因此成为绍兴纺织外贸行业的传奇人物，并获得全国巾帼建功

我与裘菊兰女士在秘鲁

标兵、全国三八红旗手、中国经济女性年度成就奖等诸多称号与殊荣。在企业发展的同时，裘菊兰依然保持一颗积极向上的进取心，即便生意再忙，她都要挤出时间学习充电，不断充实提升自己。前不久，她通过一轮轮面试，以优异的评分，成为香港理工大学服装及纺织专业硕士研究生。在她教育培训的履历上，有着一大串"高大上"的学习经历：中国人民大学、北京大学、清华大学、复旦大学、斯坦福大学、耶鲁大学……

裘菊兰与外商结束英语通话后，紧接着用普通话与一个内地客商联系，又用当地绍兴话与下属交待有关事项。最后，她放下了电话，轻松地说，一个大单搞定了。

看着她那份沉着，那份自信，那份似乎与生俱来的儒雅成熟，我忽然悟到：宛若菊香兰幽、超脱飘逸的裘菊兰，不也进入了外贸行业的人生化境吗？

是的，生命的意义在于一种人生的化境。

其实，"化境"并不虚无，并非高不可攀，一样东西学好了、做好了，将自身的学问、知识、本领、信条化为本能，化为生性，化为本色，化为爱好与习惯，化为快乐与内在要求，在自己置身的行业里自如游走，就真的进入了人生的自由王国，进入了人生的"化境"——那位导游如此，裘菊兰如此，世上所有成功人士莫不如此！

考察结束了，可"化境"一词，却依然在我的头脑里挥之不去……

2013年7月

第二辑　远方

不同的活法

人与人之间的不同活法，使我们有创造不同人生的无限可能，也使每个独特的个体有可能活出自己独有的精彩……世界上有百万种活法，找到适合自己的活法就行。

上月中旬，我参加区里组织的集体外出活动，来到位于宁夏银川平原的黄河岸边。

大家来自不同单位，彼此不怎么熟悉，开始讲话很少，沉寂了一段时间。但是这种局面很快得到改观，因为团队中出现了一个焦点人物——"衬衫哥"，一个精干而富有活力的中年人。

11月的宁夏已经下过几场雪，早晚气温在零度上下，比绍兴冷许多，大家都穿上羊毛衫与厚实的外套，其中几位女队员还套上了羽绒服，唯独一位男士只穿一件衬衫。有人叫他回去加衣，可他不以为然，说自己每年都是一件衬衫过冬。

果然，后来几天他一直只穿衬衫。尽管脸颊和鼻子冻得发紫，但他始终坚持着，大家便干脆叫他"衬衫哥"。

相处几天之后，我对"衬衫哥"有了全面了解：

他会做所有家务，喜欢种菜、炒菜。他家住在一处有很大屋顶的房

我在黄河岸边

子，他将屋顶空间改造成菜园，按季节种植各种各样的蔬菜。他种的菜品种多、质量好，自己吃不完，送给亲属和邻居；平时不断有人通过微信、电话和当面向他讨教种植蔬菜技术。

他会刺绣和裁缝。他打开手机，给我们看一幅十字绣，里面是十个美貌仕女，色彩鲜艳，惟妙惟肖。他说，这是他用了两年空余时间亲手绣的。

……

这是怎样的一个人哪！

开始，我觉得这人格局不大：男人怎么能这样？一个男人怎么肯用两年时间去做一幅仕女十字绣，一个男人怎么可以被家庭琐事拖累？但随着了解的深入，我对他有了新的认识：他长年坚持冬泳；他时常与亲友自驾旅游；他家住房的全部装修，从设计到泥工、木工、漆工，全部自己独立完成。他还精通财务，是单位里的业务骨干，操作能手……原来，他是一个比农民还农民，比女人还女人，比男人更男人的人。透过这些细小琐碎的事物，我看到了凝聚在他身上的一种可贵的品质：要么不做，做则做精，做则最好，做什么像什么。

我对他产生一丝钦佩——不止一丝，至少有二丝，也许更多些。

我的脑子里突然跳出一个词——人的活法。

几年前中信出版社出了一本题为《人生有一百万种活法》的书，书中收集了二十个生活样本，其中有北极圈附近小镇的渔民、日本禅僧、摄影师、厨师、手艺人、极限运动员，有青年旅社的老板、清迈面包房主理人。作者以每个人的"一天"为轴，串联起不同的生活方式及活法。其中有位专业摄影师，"喜欢用心观察，把自己融入对象之中，分享他们的喜怒哀乐，在被感动的那一刻才会按快门"。他希望自己的照片能准确地传达这些感动，甚至加倍。还有一位登山教练，夏天时住在西班牙北部，享受大西洋的沙滩；冬天则搬到阿尔卑斯山脚下的法国霞慕尼小镇，从这里出发去勃朗峰，游走于小村庄和广阔的天地之间。他说，这是一种生活上的平衡。

今有所悟

这本书告诉人们的是："世界上有百万种活法，找到适合自己的活法就行。"

我陷入了沉思：人很像树上的叶子，粗看每片叶子都很相似，细观却形态各异。人与人之间，家庭出生、人生阅历、文化知识、社会关系等情况千差万别。正是这些不同的差别，才组成了我们的社会，才有我们每个人不同的活法；正是这些不同的活法，才使我们有创造不同人生的无限可能，也才使每个独特的个体有可能活出自己独有的精彩……

我想起一个关于人生活法的观点，说人有三个层次的活法：第一个层次是活着，第二个层次是体面地活着，第三个层次是明白地活着。

这个观点颇为新颖，触我心弦，引我遐想。我着手查找资料，试图理解人生活法的内涵：

第一个层次"活着"，可以分为两种情况：第一种情况是终日为满足吃穿用而忙碌奔波：赡养老人，抚养孩子，养家糊口，每日受衣食之累。第二种情况是物质生活优越，不必为生计担忧忙碌：无所事事，吃喝玩乐，有的醉生梦死，挥霍生命。这种人没有人生追求，只是生理上的活着，或只是一种事实存在。

第二个层次"体面地活着"，主要表现形式是庄重、有尊严、有价值地活着。他们不恳求，不巴结，不累赘，不依附，能够独立地活着，不需要别人怜悯和同情，不需要别人特别的关心和照顾，更不需要别人的施舍与救济。体面地活着，与身份高低无关，与光鲜华美无关，与钱多钱少无关，与形体相貌无关。富而不骄是一种体面，官而不傲是一种体面，贫而不卑是一种体面，残疾而不沦落也是一种体面。

第三个层次"明白地活着"，就是有信仰、有追求地活着，明明白白、清清楚楚地活着。明白自己是谁，明白自己为何而生，明白自己的处境，明白自己活着的目的，知道如何对待今天与明天的关系，明白自己的最终归宿，不浑浑噩噩过日子。这种人每天都有自己的安排，知道自己最适合做什么，最喜欢做什么，最需要做什么，并为此孜孜不倦地追求和奋斗。他们精神生活丰富，不浪费时间，不浪费精力，每天都做自己想做而又能做的事业。

又想起了那位"衬衫哥"。他活着，但不仅仅是活着，他有体面的职业，稳定的收入，他显然"体面"地活着；同时，他也活得明白，他不浪费时间，不浪费精力，每天都做自己想做而又能做的事情，他的生活十分充盈，并且在这种时时刻刻的充盈中体验幸福。我想，生命有无数种形式，能让自己的心灵舒展，这才是最大的幸福；过自己喜欢过的日子，使自己的身与心都获得快乐，这才是最好的活法。

我不会像"衬衫哥"那样生活，但我还是十分欣赏他这样的活法。

2013 年 12 月

生活中的"小确幸"

微小而又确切的幸福随处都在，重大而又确切的幸福也存在，只要将一个个小快乐与一份份真情感串起来，归纳、提升和强化，这种幸福也会在我们的生命中出现，并且如影随形，伴我们一生。

多年前读书，发现了"小确幸"这个词。开始有些疑惑，不知何为"小确幸"，查询后才知，"小确幸"来源于日本著名作家村上春树的随笔，由翻译家林少华直译而进入现代汉语，意思是"微小而确实的幸福"。这种幸福很简单，得来也很容易，每一枚"小确幸"持续的时间3秒至3分钟不等。

有一篇文章这样描写"小确幸"——用四个字形容：心生欢喜。描述得复杂一点，它有一股子甜柔、丰饶、温暖的感觉，好像有只看不见的神秘之手把一勺充满花香的蜂蜜洒在心头，可以清晰地感受到它流淌、漫溢、消失。它们是生活中小小的幸运与快乐，是流淌在日常生活的每个瞬间且稍纵即逝的美好，是内心的宽容与满足，是对人生的感恩和珍惜。当我们逐一将这些"小确幸"拾起的时候，也就找到了最简单的快乐！

我开始留意自己的生活。

我发现，在生活中，只要用心去感受，确实能够时常拥有很多的"小确幸"：早上到单位，看到同事们的亲切招呼，是一枚"小确幸"；晚饭后散步，被妻子女儿挽着胳膊行走，是一枚"小确幸"；跳进泳池畅游，在快速前行中感受那份清凉的爽快，是一枚"小确幸"；接到母亲电话，我以为有事，可母亲说没事，只是想听听我的声音，是一枚"小确幸"……诸如此类，读到一本好书，看到一篇美文，喝到一杯好茶，看到一处美景，完成一篇自己满意的作品，回到家乡见到长辈故知，甚至沿街听到一首好歌，都可以是"小确幸"……

　　在思维进入工作模式之后，我时常考虑如何根据实际需要，选择一些富有挑战性的目标，然后一项一项去谋划、去组织实施。当这些工作取得阶段性成果，或者显现超出预期目标成效的时候，我也会一次次感受到"小确幸"。

　　原来，"小确幸"就藏在那瓦砾之中，石缝之间，融化于一人一事、一草一木，一山一水的真情、过程与美景之中。

　　这些发生在身边的"小确幸"很多很多，虽然小，但只要你"打开感官"，用心去体会，便能发现生活中无处不在的"小确幸"，它离我们并不遥远，可以信手拈来，随时得到。这些小小的但是确定的幸福，让我们满足一时而非一世，总有一天它将湮没在记忆阁楼的某个凌乱角落里。但是，如果我们能记下这些瞬间的感动，这种幸福的感觉便能延长、持续。

　　后来我发现，对于"小确幸"，仅仅发现是不够的，记下来也不够，"小确幸"还可以有意识地制作和创造。

　　空暇的时候，我常组织和参与一些亲情活动，如爬山、出游等，适时将活动场景与家庭成员重要时期的形象拍摄固定下来。女儿高考以后上大学之前，我请一名摄影师朋友，以绍兴古镇为背景，为女儿拍摄了

我制作的家庭台历

一组照片，效果特别好，觉得应当利用一下。于是，我搜集了一些当年家庭活动的其他照片，制作家庭台历：以小家庭成员为对象，按照自己的意愿巧妙搭配。影楼的专业人员根据我的创意，进行艺术加工。于是，一本以我和妻女三人为主角的家庭台历就诞生了。多年来，我一直坚持自己制作家庭台历（直到女儿成婚），并养成了空暇时信手翻转台历照片的习惯。我觉得，台历上的每幅照片，都是一组其乐融融的画面，都是一枚温馨的"小确幸"。

　　我发觉，制定工作目标与实现工作目标的过程，其实就是收获一枚枚"小确幸"的过程；适时组织参与亲情活动的过程，拍摄固定美好瞬间的过程，以及日后欣赏回味曾经美好的过程，也是一枚枚"小确幸"形成与感受的过程……这样美滋滋地想着，忽然脑子里冒出一个"幸福指数"的概念。我觉得，人的幸福指数，跟你是否具备足够发掘与运用"小确幸"的能力有很大关系：如果你是一个有心人，把这些"小确幸"记录下来，或者有意识地制作和创造"小确幸"，你便会拥有更多的"小确幸"；把这些"小确幸"无限地放大，使之延长、持续、弥漫，便形成了一个"大确幸"。

呵呵，又派生出了一个新的概念——"大确幸"。既然生活中有"小确幸"，当然就有"大确幸"。对照村上春树先生对"小确幸"的解释，所谓"大确幸"，就是在我们的人生旅程中"重大而又确切的幸福"。细细梳理自己五十多年人生所经历的种种事情，我发现在自己的生命中，确实存有这种"重大而确切的幸福"——稳定的职业、健康的心态、和睦的家庭以及工作实践中的种种成功探索……

我的生命里盛满了"小确幸"，它们是我生活中小小的幸运与快乐，是流淌在生活中每个瞬间且稍纵即逝的美好，内心的宽容与满足，对人生的感恩和珍惜；及时抓住这些被幸福击中的微小时刻，或用心记录下来，或"别有用心"地制作创造，将一个个平常的细节，一份份真挚的情感串连起来，形成一个由时光镶嵌的一份大大的幸福，一个由我独自享用的快乐瀑布，沉浸其中，感受其中的幸福与美好，这便演化成"大确幸"——成就美好人生！

感谢村上春树先生。他让我知道：微小而又确切的幸福随处都在，只要我们热爱生活，用心体验，它就在我们生活的每一个角落，而且我们自己也可以成为别人生活中的"小确幸"；重大而又确切的幸福也存在，只要将一个个小快乐与一份份真情感串起来，加以归纳、提升和强化，这种幸福也会在我们的生命中出现，并且如影随形，伴我们一生。

2014年2月

最好的养颜

人体保养的最好方法就是充足的高质量睡眠。睡眠不足容易使皮肤疲劳和老化，而充足的睡眠，尤其是高质量的深度睡眠，它是保养肌肤、减轻脸部皱纹的最佳方式，也是恢复体力，延缓衰老的最好途径。

金秋十月，我随团赴新疆阿克苏考察两地合作事宜。

在新疆的日子里，我发现自己的精力远不如同伴：每天晚上活动结束后，我已疲惫不堪，只想洗个澡好好睡一觉，几个同伴却还要打牌。我在旁看一会便呵欠连连，连忙回房休息，而那几个同伴却要到很晚才肯作罢散场，但第二天依然按时起床，参加各项预定活动。

望着同伴们精力充沛的样子，我好生羡慕！

考察最后一天与新疆朋友一起吃饭时，不知怎地大家比起年龄来，在座的两地人员竟然我的年纪最大。几位看上去比我"成熟"许多的同伴竟然小我好多岁。大家感到吃惊，露出羡慕的表情，问我有什么养生秘诀。

原来，我羡慕同伴们精力充沛，同伴们却在羡慕我养生有术。我说，我从不刻意养生，既不用护肤品，也不吃营养品，更不要说什么秘诀。我只是按时作息，睡前给自己营造一个安静的环境与平和的心情，绝不把烦恼、杂念带到床上，每天睡个好觉。如果确实有特别的事情需要夜晚办，比如以前在检察院时加班办案和在政法委工作时处理突发事件而影响休息，我的身体会及时作出疲惫、精力不济的反应。出现这种讯号以后，我会及时抓住空余时间补觉，以保持自身的良好精神状态。

回到绍兴以后，我的脑海里不时闪现离疆前的那次晚餐情形。我想：该是我羡慕同伴们精力充沛，还是我值得同伴们羡慕养生有术？

我与一位医生朋友聊起以上话题，并问询我到夜晚总是哈欠瞌睡的原因。朋友说，你由于长期早睡早起，日积月累形成了自身特有的生活节律，这是一种顺应人体自然规律的生物钟养生法，对身体有利，是很多人求而不得的好事，当然值得他人羡慕。接着，朋友又与我聊起睡眠的奇特功效：睡眠时，体内"生长激素"分泌会增多，深睡眠尤其如此。"生长激素"的主要功能是调节和控制人体的生长发育，因为它能刺激组织再生，所以具有明显的抗衰老作用。人在深睡眠状态下，"生长激素"的分泌才能达到最大值。因此，充足的睡眠对人体健康十分重要。临别时，朋友强调说，睡眠不足是促发许多疾病的源头，人体保养的最好方法就是充足的高质量睡眠。

朋友的话，引起我对睡眠与健康关系的进一步思考。每个人都有自己的睡眠习惯，有的人喜欢早睡早起，即所谓"百灵鸟"式；有的则习惯晚睡晚起，即所谓"猫头鹰"式；还有一种晚睡早起，这是一种透支生命式。我属于"百灵鸟"式：每天很早醒来起床，粗略思考一下要做的事情，分辨重要而紧急的事、重要而不紧急的事，紧急而不重要的事、不重要也不紧急的事，确定当天或最近一个时期自己的精力分配，然后阅读或写作一段时间，吃罢早餐到单位，全身心投入工作；午饭后不久，我的脑子混沌起来，需要小睡二十几分钟恢复精神；下班后随着夜幕降临，我的精气神慢慢减退，感觉心灵的倦怠已超过身体的倦怠，便尽量除去杂念，不再做用脑的事，只是散散步、聊聊天，看看电视，即便有应酬，也不参加夜间活动，晚上十点左右必定上床睡觉。

我的这一生物钟节律养成，与父亲有关。父亲是军人，从小要求我们早睡早起，常说"一天之计在于晨""凡事预则立，不预则废"之类的话，还给我们兄妹定下戒律："生活要有规律，按时作息。反对晚上吹牛有牛劲，早晨懒起误事情。"在父亲的影响下，我一直早睡早起，即使节假日也不睡懒觉，逐渐定型为一个"早晨型人"。

记起前不久有个网络"熬夜健康调查"，说超五成网友表示经常或一直在零点后入睡，18.2%的人超过凌晨1点才睡。这样熬夜对身体肯定不好。根据常识，我们晚上睡觉是充电，白天工作生活是放电，如果晚上只充了50%的电，白天却要释放100%，那50%从哪儿来？就得从五脏六腑借；长期睡眠不足，身体就会出现亏空，人就变成"糠萝卜"了。因此，睡眠不足，会导致人体节律发生紊乱，会阻碍身体的补给功能，熬夜等于透支生命，增加人们患病的风险。

朋友说得对，"人体保养的最好方法就是充足的高质量睡眠"。睡眠不足容易使皮肤疲劳和老化，而充足的睡眠，尤其是高质量的深度睡眠，能消除全身疲劳，使脑神经、内分泌、心血管、消化功能、呼吸功能等得到休整，它是保养肌肤、减轻脸部皱纹的最佳方式，也是恢复体力、延缓衰老的最有效途径。正如清朝学者李渔所说，"养生之诀，当以睡眠居先。睡能还精、养气、健脾益胃、壮骨强筋"。

我相信：深度睡眠是最好的养生！

2014年9月

登江浙第一峰

　　人生就像登山：上天会给你一段崎岖的山路也会给你一段平坦的大道，会给你一个山谷的别有洞天也会给你山顶的海阔天空。只有通过自己的努力去征服困难，坚定前行，才能看到更多、更美的风景，才能领略到人生的精彩，也才能享受成功的乐趣。

　　女儿结婚成家以后，亲家那边多次邀我们一起出游。我觉得，两家联姻，便结成了最大的利益共同体，但双方都是独生子，总希望孩子能有更多时间陪伴自己，这就需要彼此作出调整，打破先前的亲友交往模式，建立起一种以儿女亲家关系为先的家庭交往模式。我同妻子与亲家沟通，大家一致同意今后重大节日尽量安排一起活动。

　　今年国庆节，我们一大家子自助旅游来到丽水的龙泉。车子在山上盘旋一个多小时后，到达海拔1500多米的龙泉山景区。上午，我们游绝壁奇松景区，那里绝壁千仞，苍松万棵，处处涉奇惊险，似有登临黄山之感，美不可言。午饭后，导游说有两个选择：脚力好的，可沿石阶爬400多米，攀登江浙第一峰黄茅尖，这有点累；脚力次者，可选平缓之道，游走大峡谷和瓯江源，比较省力。

　　我说，峡谷到处都有，江浙第一峰只此一地，既然来到龙泉，还是登

我和妻子、亲家公、亲家母在龙泉山上

山吧。大家赞同我的观点，选择爬山登峰，沿山路向着江南第一峰挺进。

导游介绍说，黄茅尖海拔1929米，虽然位于浙江境内，却是福建武夷山系之洞宫山脉的主峰，也是闽江和瓯江的分水岭。

随着导游的讲解，我们一路前行。我发现，这登山步道，竟是一处黄金风景线：三四尺宽的石梯两旁，古树、老藤、山花、野草、曲溪、深潭、奇石、岩壁，触目之处皆是美景。我随口吟道：耳边水淙淙，一路绿遮天，但闻泉激鸣，不见水清浅。

走了大约半个小时，大家已气喘吁吁。这时，从山上下来一人，有一同伴问距顶峰还有多少路程。对方说，还不到十分之一呢。女儿顿时傻了，另有几位也像泄了气的皮球，嚷着要回去。我说，既然选定了目标，就不要放弃，累了歇一歇，咬咬牙继续走，不到顶峰非好汉！

正在石凳歇息之际，从后面走来一支人马：穿着统一的服装，背着统一的行囊，上挂对讲机，双手持杖，缓慢却坚定地向我们走来——原来是登山驴友团队。我知道，"驴友"是对户外运动、自助自主旅行爱好者的称呼，也是旅行爱好者自称、尊称对方的一个名词，因为驴子能驮能背，吃苦耐劳，所以，常被爱好者作为自豪的资本。他们通常结伴出行，有的准备帐篷、睡袋、厨具以及各种野外生存工具，露宿在山间旷野。因为可以拥抱自然，挑战自我，锻炼毅力以及团队合作精神，提高野外生存能力，所以深受青年人的喜爱。

一位二十几岁的女性驴友大概是累坏了，在我们身边坐下来歇息。前面几个队员见状也停歇下来。

我与他们攀谈起来。

原来，他们在实施一个徒步"千八大穿越"计划。顾名思义，是因为在龙泉山附近几个海拔1800米以上的山峰间行走"穿越"，便成了"千八大穿越"。本次穿越的目标便是"光辉顶点"——1929米的高峰黄茅尖。他们早上6点便从山下出发，现已持续行走6个小时。

我们被驴友们的壮举感动了。有位同伴掂了掂一位驴友的背上行囊，竟有三十几斤重。女儿和刚才准备回返的几个同伴面面相觑，自惭形愧。

只见一位像是领队的驴友挥了一下手，十余名队员迅速起身前行。我招呼大家加入到了驴友的队伍，一起同行。

我不时观察身边的女儿，只见她身体前倾，眉头紧锁，步伐沉重却像驴友一样坚毅。我感到，女儿骨子里的一种勇敢、刚毅、在困难面前不服输的品质似乎被激活了。我知道，大家已经不会因为困难而放弃既定的方向，也不会为路边的美景而流连忘返，大家心中只有一个目标——向着既定的顶峰从容向前……

走着走着，我发现周边景色大变：林木稀少了，树枝矮小了，山风更大了，天空也感觉开阔起来。转身俯瞰，缭绕着流云的远山犹如一幅幅高清的画卷，呈现在我的脚下，"一览众山小"的感觉油然而生。

直觉告诉我，离顶峰不远了。果然，路旁提示牌上写着"您现在所处的位置是在海拔1900米的高山矮曲林"。我不懂植物生态学，只能望文生义地去解读"矮曲"的意思：大概是指植物都是矮小的、扭曲的吧。再看看周边的松树和一些不知名的植物，全都是矮个子，像得了侏儒症，盘曲如虬，鲜有挺拔的。连那些素以青翠修长而扬名的江南毛竹，在这儿也明显矮化了，高不盈三尺，枝叶稀疏。我想，这矮曲林应该是植物在低

江浙第一峰

温、缺氧自然环境下为自我保护而作出的一种明智选择吧！

我们呼喊着，快步攀登，走完最后一段路，直抵黄茅尖。大家聚焦在"江浙第一峰"碑前，歌唱着，嬉闹着，摆型，装酷，拍照，喜极而狂。

其实，这"江浙首峰"仅是一个小小的山坪而已，看起来既不险峻挺拔，也不冷酷霸道，毫无飞扬跋扈、不可一世的架势。如果不是那紫铜碑上镌刻着"江浙第一峰"五个大字，谁也不会把它放在眼里。

一阵冷风吹来，我打了个寒颤：地理常识告诉我：海拔每上升1000米，气温下降6度，此处气温应该比山下低10多度。

我感到一阵凉意，头脑却顿时清醒了许多。

人生就像登山：上天会给你一段崎岖的山路也会给你一段平坦的大道，会给你一个山谷的别有洞天也会给你山顶的海阔天空。只有通过自己的努力去征服困难，坚定前行，才能看到更多、更美的风景，才能领略到人生的精彩，也才能享受成功的乐趣。

2014年10月

菲律宾长滩游记

十多年前我去新疆额纳斯时，对那里的丰富色彩印象特别深刻。而此刻的色彩，远比额纳斯丰富：蓝天，白云，青山，碧海，还有远处悬在半空的点点彩伞，漂浮在海面上的蓝色风帆，以及岸边隐隐约约的白沙滩和绿椰林。

女儿在婚后过端午节的前一天，交给妻子厚厚一沓钱，说父母养育他们成人、帮助他们成家不容易，小两口决定在每年的端午、中秋、春节几个传统节日孝敬双方父母。在欣慰之余，我想明白了一个问题：女儿和女婿都有稳定的职业与收入，今后不但不需要我们经济上资助，而且还有能力孝敬我们。意识到这个问题之后，我感到一阵前所未有的轻松，并且萌生了改变生活方式、提前享受晚年生活的念想。在女儿和女婿的精心安排下，我们利用五一小长假开始了为期五天的首次自费出国旅行，目的地是著名旅游胜地菲律宾长滩岛。

我们于4月30日中午抵达长滩，午饭和休息之后，已是下午4点多钟。临行前仔细做过功课的女儿说，这时的"落日风帆"应该是最适宜的。于是，我们一起向海滩走去。

海面上帆船无数，五彩缤纷，但以蓝色为主，不停地在海面上穿

坐在看落日的帆船上

梭——这就是载我们出海看落日的那种无动力帆船。帆船由狭窄的船壳与舷外浮木组成，船壳与舷外浮木之间是由塑料白条结成的网棚。我和妻子、女儿、女婿上船后坐在一侧的网棚上，其他几位游客坐在另一侧。帆船在海风的带动下轻快灵动，飘摇在浩瀚的海面，向着西边的漫天金黄驶去。我斜倚在风帆的网棚上，任由海风拂面，海水溅身。有时船体转弯倾斜，下半身便浸到海水里，凉爽而又惬意。遥望西天，我发现奇特的落日景象：太阳缓缓地向海平线坠落，天幕上厚重的云层由白变灰、变暗，又慢慢被夕阳镀上耀眼的金色。倏然，整个太阳从海面跌落，淡出我们的视线。我正要为眼前景色的消失惋惜时，壮丽的晚霞又出其不意地大放异彩，云霞像金子般发出灿烂光芒，把整个天空和海面染得醉红，刹时海天一色，宛如在梦中，亦宛如在画中……那火烧云般的天空，那落日映照下的点点帆船。好美！

　　第二天的项目是乘坐螃蟹船出海游。初登螃蟹船，感觉它非常平稳，不像国内沿海或江河上游船那样左右摇摆。这是如何做到的呢？我好奇地打量着螃蟹船，终于发现了与众不同的地方。原来，船的两侧各有用椰木做成的支架，支撑着一排原木。一侧原木共有五根，四根横跨在船身和第五根上，样子有些像螃蟹的四只脚，远远望去，格外逼真。螃蟹船开启以后，带着我们在海上观光、垂钓、浮潜。我从小在海边长大，也去过不少海岛，但从未见过如此清澈透明有如液体宝石的海水。我忍不住坐到螃蟹船的舱外边沿，两脚下垂。这样，在海面由伏转起时

我在螃蟹船上

双脚能够触到海水，溅起浪花；我感觉不够刺激，索性探下身子将双脚伸进海里，由此激起更大水花溅落在我的身上。于是，清凉的感觉由脚底迅即转到身体，传导到周身的每个细胞末梢，进而感受到心的清凉——我沉醉于这种清凉。

举头远望，我被映入眼帘的丰富色彩震撼了。十年前我去新疆额纳斯时，对那里的丰富色彩印象特别深刻：蓝色的天空，白色的云雪，金黄的树叶，还有碧绿的湖水，看上去特别赏心悦目。而此刻的色彩，远比额纳斯丰富：蓝天，白云，青山，碧海，还有远处悬在半空的点点彩伞，漂浮在海面上的蓝色风帆，以及岸边隐隐约约的白沙滩和绿椰林，望着这美妙仙境，我心旌摇曳、喜不自胜。

挑战刺激的降落伞项目

第三天，我和女儿挑战刺激的降落伞项目。

我们乘坐快艇在海面上飞驰。工作人员打开一只蓝色降落伞，迎风吹鼓以后，我和女儿坐上去。随着快艇的飞驰前行，降落伞脱离快艇，如风筝一般被放飞，在一根绳索的牵引下缓缓上升，直到距离海平面一百多米的高空，然后在辽阔的海面上漂荡。我和女儿在降落伞上悠哉地俯瞰下面的景象，享受在地面上感受不到的广阔视野。放眼望去，长滩岛形同一只哑铃，整座岛不过7千米长，却有一片长达4千米的白色沙滩，度假村和酒吧星罗棋布，岛的北部和南部是几座海拔不过百米的小山，蜿蜒小路穿过雨林，连接起座座村庄，俯视远眺，皆成风景。在高空飘荡十几分钟之后，工作人员开始回收绳索，我和女儿又回到了快艇。

长滩
Sunrise On Flowers
5月3日,2015
InstaMag

Julia

在海底漫步

在长滩岛期间，我们还尝试了驰骋海面的香蕉船，环岛山地越野、溶洞探险、火锅、SPA等项目，这些没有太过特别之处。倒是最后一天的"海底漫步"项目，大大出乎我的意料。

我们乘船来到海面上的一个平台，旁边有一个扶梯通往海底，一名教练在扶梯前守护，给下潜的人戴上一只很大的头盔。我发现，头盔顶部插着管子，与船上的一个装置相连接。原来，这就是呼吸换气的氧气管。我第一个下水，由教练牵引，顺着梯子下行二十米左右后到达海底。入水之后，我发现头盔虽有很大空隙，但海水不会进入，人可在水中自由呼吸，并能清晰地看到小鱼在海中游来游去，真是神奇！

不一会，女儿下来了，不会游泳的妻子和女婿也下来了，我与他们分别拉手，击掌，相视而笑。这时，我才开始仔细观赏置身的海底世界：周围满是珊瑚礁，每一寸领域都有不同面貌，无数色彩夺目的鱼儿，在我们身前、身后游动，伸出手，它们却如惊弓之鸟般迅速躲开，令人无法触碰到这些精灵。有个教练专门为我们四人组服务。他手中捏着鱼食向鱼儿示意，鱼儿迅即游聚过来，很快形成一个五彩斑斓的鱼群，在我们眼前游来晃去。教练又拿出一些鱼食，分别交给我们，然后给我们拍照。我们把鱼食一点点散发开去，于是，鱼儿转向我们争食。我们欢呼着，跳跃着，触摸着一个个可爱的小精灵，高兴得像一群孩子。置身如此美妙的海底世界，真是舍不得把视线移开。忽然想起以前我国香港凤凰台一个旅游频道的广告语：不看不知道，世界真奇妙——长滩岛的海底世界有如仙境，真的很奇妙。

离开长滩的前夜，我们去一家海边餐馆品尝海鲜。想到就要离开这个美丽的海岛，心底不由得升出一丝眷恋。我脱下鞋子，将赤裸的双脚埋在柔和的沙子里。沙子细软得如同婴儿的爽身粉一般，温柔婉约，无比的惬意、清凉。我知道，其实这不完全是沙，其中的相当部分是海浪冲击成的珊瑚粉。晚饭后，我们一起提着鞋在海边漫步，妻子挽着我，女儿挽着女婿，任由海风吹拂，任由海浪拍打。

不由得想起有关现代慢生活的一句话：有点钱、有点闲、有点心情。这"三个一点"是人生难得的一种境界，当下我已拥有。不过，我感到似乎还欠缺一点，是什么？看着家人的欢声笑语，我明白了：还有一点，就是洋溢在家人之间的浓浓亲情！

2015年5月

礁石、瀑布和远方

在工作余暇，我时常细细端详这个画面，想像画面外的世界。如果说"海边礁"只是简单留影的话，那么，当我把自己置于塔里木河的"湖心礁"之后，画面便有了灵动的思想——那是我心灵深处探寻外面世界的渴望。

周末在家翻看书籍时，发现一张自己的老照片——身着上白下蓝警服，头戴白色大沿帽，坐在青岛鲁迅公园的海边礁石上眺望远方。照片上的我，笑脸灿烂，单纯稚嫩，充满对未来的憧憬。

1979年4月，我告别基层执勤民警岗位，开始在机关从事文秘工作。有一天，我在一本画册上看到一幅跨越两个版面的新疆塔里木河摄影作品：塔里木桥横架两岸，河面广阔，河水清澈，河岸草青树绿，一片盎然春色。画面上方，有一行醒目的字：塔里木河，生命的河。

我知道，这就是保障塔里木盆地绿洲经济、自然生态和当地民众生活的"生命之水""母亲之河"。当时我凝视着画面的景色，心想若能到此地一游，该有多好！忽然，我想起了那张坐礁远眺的照片——塔里木河无礁，我何不在河心造它一礁，坐礁观景！想到这里，我将这幅塔里木河的大幅画面取下来，再找出那张坐礁远眺的照片，将自己的留影

1977年我在青岛海边

连同礁石裁剪好，粘贴到塔里木河画面的中央，这就形成了我坐在塔里木河心礁石上观景、人与自然相融的效果。

我将这幅画面置于办公桌玻璃板下，并给这幅画面取了个充满想像力的名字：坐礁眺远方。

在工作余暇，我时常细细端详这幅画面，想像画面外的世界。如果说"海边礁"只是简单留影的话，那么，当我把自己置于塔里木河的"湖心礁"之后，画面便有了灵动的思想——那是我心灵深处探寻外面世界的渴望！

我不断地畅想：我的目光未及的远方是什么样子？是不是可以说，一个人只有眼里看过更大的世界，心中才能更宽容，更容易做到接受彼此的不同，尊重相互的差异，形成更大的格局，让生命更加辽阔高远？可是，我何时才能进入远方世界去感知那里的精彩与美妙呢？

许多年以后，那张"坐礁眺远方"的画面因破损而离开我的视线，可在我的内心，探寻外面未知世界的愿望却愈发强烈。后来，伴随着一次次大跨度的工作调动，我开始一步步走向原先目光未及的地方，也亲

我在伊瓜苏大瀑布旁

身去了塔里木河，看到了那里青青的河水和两岸的绿草树。只是，河的中央没有礁。我还踏上了太平洋另一端、赤道另一端和大西洋两岸的土地，感受到异域的风土人情。

前些年，我在南美洲考察时，来到阿根廷、巴西、巴拉圭三国交界的伊瓜苏大瀑布旁。这条河源于巴西高原，沿途集纳大小河流30条，奔流千里后在这个马蹄形断层峡谷处咆哮而下，凸出的岩石将奔腾而下的河水切割成大大小小270多个瀑布，形成一个景象壮观的半环形瀑布群，河面最宽的地方足有4千米，这是全球最宽的大瀑布。

望着波澜壮阔的瀑布和由此激起的弥漫在密林上空的水雾，我陷入了沉思：每一条江河都由山间发源，以汇入大海为目标，期间接纳了无数涓涓细流，经历了无数的艰难险阻，成就了一道道奇美绝伦的风景，瀑布便是江河在走投无路时创造的奇迹吧？

在领略了伊瓜苏大瀑布的壮美之后，我沿着步行道越过崖顶上行，发现这里地势平缓，流水并不急促，丝毫看不出有什么特别之处；驻足回望，却完全是另外一种景像：河水下流至断崖时，没有畏葸不前，而

136

是勇敢地跳下去，由此形成大自然的奇特景观。

我不禁由衷地敬畏起瀑布，敬畏起这条形成瀑布的河。河流因为大气，因为无畏，所以成就了瀑布的壮观。但如果面对绝壁不跨出那一步，不纵身跃下悬崖，而是选择沿石缝潺潺而下，那么，它的名字就不是瀑而叫作泉了。其实，悬崖对于河流来说，并不是绝境，而是一次机遇。一条河可以不长，可以不阔，可以不深，但必须敢流、敢拼，勇敢地跨出关键的一步，这才成了气势磅礴的瀑布，这才有可能呈现飞流直下三千尺的壮美。

人生不也是如此吗？我想，人生在重要转折时期同样需要"勇敢地跨出关键的一步"。这里的"勇敢"，是一种胆略；这里的"胆略"，涉及该不该跨、敢不敢跨、如何跨的问题，是人的魄力和智慧的综合；这里的"一步"，是指事物发展或人生历程中具有突破、超越性的关键步、转折步、飞跃步。我时常有这样的感觉：心里苦痛得过不去，但只要坚持继续走下去，走着走着，就会有奇迹——水到绝境是飞瀑，人到绝境是重生。人生因磨难才更加辉煌，因披荆斩棘而更富有意义！

我的脑海里再次浮现"坐礁眺远方"的画面。可是，我发觉自己已经行走在了当年坐礁眺望的"远方"里。但是，我觉得自己依然没有离开过礁。只不过，现在这座礁已不是当年青岛海边的那座礁，也不是后来我虚拟的置于塔里木河中央的那座礁。这座礁，已经生长在了我的生命里，随着我生活阅历的增长而长高长大，它让我站在新的高度上不断拓展视野，看到世界的广大与精彩，听到了包括瀑布在内的大自然的声音，领悟到山水以外人生的壮美，引领我将远方的景致握在手中，并真切成为自己近处的人生！

2015年7月

春游雪花潭

一股激越的水流从山谷奔腾而出，从高高的岩石上直泻而下，形成一片瀑布，再猛然扎进潭中，溅起阵阵水花，似乱珠跳涧，层层叠叠，犹如雪花。我想，这或许就是"雪花潭"的来历吧！

清明时节，我和妻子去老家上虞太平山扫墓祭拜先祖。结束之后，堂弟陪同我俩到邻近的陈溪乡虹溪村雪花潭风情景区游走。

我们驱车沿着临溪的山道前行，大约半小时后，至巽溪山谷深处的虹溪村，"雪花潭"景区的牌坊豁然出现在眼前，牌坊两侧写的是陆游的诗句：峰回内史曾游地，竹暗仙人归隐村。我细细品味，犹如进入了神仙出没的地方。

堂弟的当地亲属热情接待我们，陪同我们游走。

进入景区，只见石阶高低错落，蜿蜒曲折，盘旋在山脊之上，隐没于竹林之中。路边建有一些典雅的亭子、古朴的茅屋，恰到好处地点缀其间，充满了情趣。穿过竹林缝隙下望，最迷人的要数山谷里的那道涓涓溪流，叮叮咚咚，一路相伴。落差大时，水如帘幕，闪烁迷幻，平缓处则形成一个个水潭，像一串串珠项链悬挂在大山的脖子上，美不可言。溪边的千年槠王、行云亭、三叠泉、子母潭、清风亭、响石山等，

小狗欢快地跑在前面带路　　　　　　小狗很委屈、很纠结

构成了"巽溪十八景"，令人目不暇接。

　　我发觉一只白底黑斑的小狗一直走在我们的前面：我们拍照驻足时，它静静地等候；我们迈步前行，它便欢快地向前奔跑；回头见我们落在后面，便又止步凝望。原来，这是堂弟亲属的家犬，随主人一直陪伴我们。看着它，我的心底生出一份感动，好想与它亲近。

　　可是，在走过一个叉路口之后，我们发现小狗把路领错了。有人连呼：错了，错了！于是，大家调头回走。小狗瞬间情绪低落，像是做了错事的小孩子，满脸的委屈纠结，从此不再领路，弱弱地跟在我们的后面。

　　我不由得同情起这只小狗来：人说狼心狗肺，但可以肯定，这只狗的肺肯定是真诚的、善良的；人都会犯错，何况狗呢！我走近小狗，想摸摸它表示安慰，可它却迅疾避开；我多次表示友好，试图靠近它。它终于感受到了我的诚意，接受我的亲近，然后接受我的抚摸。看到小狗不再纠结，我也释然了。

　　沿溪上行，山路渐行渐陡，在走过一座小石桥后，路便与周边林地山石浑为一体。我静静地凝视着身边的小溪，她时而悠悠流转，仿佛窃窃私语，时而垂下一泓白练，优雅地泻入清波绿潭。那水至清，那潭至

139

静，那石至灵，那份自然的精彩，远远出乎我的意料。

在经过一堆乱石滑落形成的"大石浪"后，空间似乎开阔了许多，光线也透亮了些。隐隐听到别样的水声传来，想是最后的雪花潭已到。我紧走几步，果然看到了"雪花潭"三个大字。

举头望去，只见一股激越的水流从山谷奔腾而出，从高高的岩石上直泻而下，形成一片瀑布，再猛然扎进潭中，溅起阵阵水花，似乱珠跳涧，层层叠叠，犹如雪花。

我在"雪花潭"留影

这或许就是"雪花潭"的由来吧；或者，是指这潭里的水如同雪花一般洁净？望着这白色的瀑，绿色的潭，望着这白瀑下绿潭里漫溢出的水，我想：正是"雪花潭"水长年不断往下流淌，才形成这里无数个形状各异的潭，才形成"雪花潭"景区独特的风韵吧！

静静地望着流水潺潺地从脚边流过，我的心里也是静静的。抬头仰望天空，只见白云飘动，轻轻划过竹林的梢头；又感觉好像不是云动，而是山在转动。远空有只山雀，像似在追逐着云彩，悄无声息地飘着，衬出天空的旷远。这样看着想着，我感觉心情彻底放松了，内心像是经历了一次洗礼，所有的心事烦忧即刻消散。

"雪花潭"，不虚此行！

2016年4月

今有所悟

我的照片人生

我收集、扫描、整理照片，然后根据自己的设想构思、编辑，再交与专业设计师艺术加工。经过近半年时间的忙碌，我的照片集子终于完成了。我给集子取了个好听的名字——《我的照片人生》。

周末休息，在家整理抽屉，发现许多自己不同时期的照片：有学龄前的，也有小学、中学的；有当警察、检察官、秘书的，也有做基层领导的；有单人的，也有合影包括"全家福"的……

照片中的我，多是笑脸灿烂。在重要的人生阶段，或到一个新地方，或见一处美景，或与好朋友见面，我都会留下几张照片。在我看来，照片是人生最好的见证，每一张照片都有一段故事，每段故事都留有特定时期的印记。有些时候、有些场景、有些心情可遇而不可求，亦不可复制，错过可惜，留下个记录才好。特别是其中的一些黑白老照片，接连着岁月，有着神奇的魔力与时代的烙印，俯仰之间的一瞬，便能勾起沉睡在心底的回忆，成为珍藏在心中的永远感动，为之欣慰，也为之感叹。

时间过得真快啊，从牙牙学语的黑白世界，到十八岁风华正茂的彩色天空，我已走过五十七年人生，现在已进入人生的晚秋时节。心里正感慨着，脑子里萌生出一个念头：把自己和与自己有关的照片收集起来，制作成一本独特的个人照片专集，既是对以往美好瞬间的追忆与定格，也是对今后晚年生活的激励与鞭策。于是，我开始收集、扫描、整理照片，然后根据自己的设想构思、编辑，再交与专业设计师艺术加工。经过近半年时间的忙碌，我的照片集子终于完成了。我给集子取了个好听的名字——《我的照片人生》。

端详着这本凝聚我经历与心智的照片集子：灰色的封面上方，印刻六个大字——《我的照片人生》，后随我的名字；下方一行小字——1960-2017，是我出生到照片截至的年份；整个集子分三个篇章——个人历程篇、家庭生活篇、外出旅游篇，每个篇章又分若干小节，共计157页，550张照片。

一页页翻转，一幅幅回味，我的思绪带着甜甜的滋味游走在过去的时光里……

目录之后，是首篇"个人历程篇"，反映了从我周岁留念到中学毕业的懵懂少年时期和之后在职业生涯中探索成长的历程。

眼前的照片，犹如电影里的镜头一幅幅在我的心幕上播放……过去的时光，如同这些照片，有的模糊，有的清晰，却又觉得一切仿佛就在昨天。自参加工作之后，我从基层到机关，从北方到南国，在不同部门的多种岗位上工作40多载。不同时期，都有不同形态的照片，见证了不同时期的我和我在不同时期的影子。我感叹道：一个人的一生，一个人的生命，就这么不经意地浓缩在了几张照片之中！

翻到家庭生活篇，看到我与亲人们的一幅幅温馨照片，心底涌起一股暖流。这里收录了我和父母兄妹妻女的照片，其间弥漫着浓浓的亲情爱意。父亲生前有个习惯：过几年拍一次全家福。那时候，照相都要去照相馆。照相之前，摄影师手里捏着一个气囊，钻进盖在照相机上的红

半个世纪的家庭变迁

黑相间的布里面按快门，感觉特别神秘。每次看到印出来的照片，看到定格在照片里的家人和自己的瞬间表情，我都特别兴奋。后来，相机普及，有了自己的相机，再后来手机也能拍照……每每翻转欣赏这些照片，都能感觉到一份温情暖意，激发我对家庭和家人的深深眷恋。

我把目光停留在两张跨越半个世纪的照片上。

右侧的照片摄于2013年，是我和兄妹为父亲举办九十大寿庆典宴上拍摄的，与左侧照片相距50年。拍左侧照片时，祖母尚健在，父亲正壮年，母亲还溢着青春气息。如今，祖母早已仙逝，父亲在拍摄这张照片不久后永远地离开了我们，母亲也已白发苍苍；而我，在经历了南方与北方的辗转，在多个部门调动工作之后，也与兄长和小妹一样，有了自己的家庭和后代，即将走完最后几年的职业生涯。

再看我的小家庭。我与妻子1988年结婚，一年后女儿出生。如今将近三十年过去。随着女儿的出生、成长、成婚，我和妻子也从风华正茂走向人生的晚秋。

俗话说，生活是一杯水，加糖便是甜的，加盐便是咸的。我生性乐观，常往生活里加"糖"，有意制造一些特别的生活味道，并拍摄成照

两代人的婚礼

片：刚做警察时，我曾着海军战士服装照相，过了一把海军瘾；我曾经在井冈山和延安的历史遗址留过影，经过刻意串连，别出心裁地制造了一个红军战士伴随革命进程成长的故事。

　　翻到最后，是外出旅游篇。在节假日，我常与家人和亲友外出旅游。身处异乡，离开原有的生活环境，可以放空心情，真正静下来，听到自己内心的声音，思考自己的需要、态度、情感等心理状态和个性特征，进而修正自己的行为，调整人生的方向，不至于被生活携裹着顺流向前，失去自我；而面对灵秀的山水，形形色色的植物，各种各样的建筑，不曾见过的特色商品，我感觉自己内在的活力被激发出来，生成许多奇妙的想法。我在看风景、品美食、住宾馆、赏民俗、听故事的不同过程中

"宣誓参加红军"——"胜利会师"——"配上警卫员"

当一回海军

体验着日常生活中体验不到的快乐。我把这些心灵思考与快乐感受写成文字，并拍下许多特色照片，形成一篇篇图文并茂的人生感悟文章。

　　再次欣赏集子里的照片，我感受到自己走过人生道路上的一份份美好。我想，在空暇时，我会记起这本集子，时常翻转这本集子，它会让我忆起曾经的快乐故事，并演化成一个个"小确幸"，在我的心中生成、滋长、弥漫……同时，我也会时时提醒自己珍惜当下，过好未来的每一天，使自己的后半段人生更加丰富，更有意义，更富有情趣。而且，我还要去更多、更远的地方，多做些有意义的事情，并将其中的美好瞬间拍摄下来，补充到我的照片集子，让我的生活更加丰富多彩！

2017年2月

五峰岭下赏莲荷

荷叶、荷花在骄阳下分外明艳，微风吹来荷叶轻翻，荷池碧波荡漾，荷花争奇斗艳，再加上荷香郁郁，散发着一种欣悦的气息，更有一份清丽、素雅的独特神韵，给人一种水灵灵的圣洁美感。

周末，我与几个朋友进山探幽。

我们一行从市区城东出发，由人民东路向东行至尽头，右转吼山路南行，横穿平陶公路，开过著名的宋六陵，便进入了山区。车子在山路间盘旋，连续翻山越岭，有一种"车在山中行，人在景中游"的感觉。车至山顶，同行的朋友告诉我，我们已翻过五座山，这里叫五峰岭。

我们在一片空旷的地方下车。放眼望去，只见群山环绕，满目青翠，那青的是树，翠的是竹，山下还有一个不大不小的湖，湖光潋滟，与蔚然山色融为一体，鸟叫、蝉鸣不绝于耳，好一幅灵动至美的山水画卷！深吸一口气，缓缓吐出，似乎感觉体内的浊气排出，而散发着竹、树芳香的清新空气被吸入体内——我们在进行一场"森林浴"的洗礼！难怪，很多人称这里是绍兴人"家门口的世外桃源"。

车过山顶便是下坡，我们在苑如诗画的山间小道上行驶，一路笑谈。忽见前方路边有大片开满荷花的水池，甚是夺目；还有莲子、莲

五峰岭下的荷花池 　　　　　　　　　　我在荷池中

蓝、莲花出售。于是，我们下车观赏。

　　放眼观景，正如一首诗中写的："接天莲叶无穷碧，映日荷花别样红。"荷叶、荷花在骄阳下分外明艳，微风吹来荷叶轻翻，荷池碧波荡漾，荷花争奇斗艳，再加上荷香郁郁，散发着一种欣悦的气息，更有一份清丽、素雅的独特神韵，给人一种水灵灵的圣洁美感。

　　沿两池间隔的小道往里走，真切地看到了一片片荷叶，一朵朵荷花，一只只莲蓬。"荷叶罗裙一色裁，芙蓉向脸两边开。"王昌龄曾把荷花与少女联系在一起：美丽的采莲少女在田田的荷叶、亭亭的荷花丛中若隐若现，荷叶与彩裙似成一色，而少女的面庞则如出水芙蓉般娇嫩清亮；莲的气息映衬了少女的美丽，少女的活力也使莲变得生动、丰富。

　　我没有见过少女采莲的场景，也想像不出那种生动、真切而又丰富的美妙。此时，我只想下到荷池里，亲手采几只莲蓬，闻闻莲花香，尝尝莲子味——我脱下鞋子，踏着污泥趟水走向荷花丛中。

　　我沉醉于眼前的荷池景象：叶似碧玉盘，茎似绿翠柱，花是出水芙蓉。定睛细瞧，她们的色彩、形态也不尽相同：有粉红的，有白色的，有深紫色的；有的只是花骨朵儿，有的微微张开，有的完全盛开，还有不少已结成莲蓬。它们被碧绿的大圆盘衬托着，分外惹人喜爱。

　　置身荷池，心中忽生一丝疑惑：这池中之花，有的称荷花，有的

莲花、莲子与莲蓬

叫莲花。莲花与荷花有何不同呢？记得以前看过林清玄写荷花的一篇散文，说开花之前叫"荷"，开花结果后叫"莲"。林清玄还在文中作了个形象的比喻：荷花的感觉是天真纯情，好像一个洁净无瑕的少女；莲花则是宝相庄严，仿佛是即将生产的少妇。

拾起一只莲蓬，取出一粒莲子，剥去外皮放入嘴里品尝——有点鲜，又有点苦。我尝过成熟的莲子，其苦味更甚，但我喜欢这种苦味。细细想来，这莲子苦味不正是我们人生的真实写照吗？有句话叫"人生如莲"，是说人生就像这莲花和莲子一样：成功是浅浅地浮在水面上的那朵看得见的花，这朵花能否开放得美丽、灿烂，取决于水面下看不见的那些根系和养分；莲花初绽，动人心魄，观者如云，但其绚烂芳华的背后是长久的寂寞，心灵的煎熬，以及煎熬中的坚守；而代表成功果实的莲子，其表面虽是光华，而其内心则承载着苦楚——莲子有心，其心味苦。是啊，我们这个年纪的人，身上承载了太多的责任、太多的压力。我们已经没有叫苦的权利，没有了可以失败的资本，也少了请教前辈的机会，我们不可以有痛快流泪的奢望。于是，我们只有把苦深深的包于心，独自隐忍，奉献出自己的一份营养，一份圆润，一份亮丽……这与莲子苦心是多么惊人的相似啊！

回眸再观荷池，望着娇艳莲花，口中回味莲子的苦味，我觉得，我对人生的理解又增进了一层。

2017年6月

第二辑 远方

重游青岛

——追寻逝去的记忆

今有所悟

追寻过去美好的回忆，不仅是对于逝去生活的缅怀，也是对现在自己的一种激励。"过去"，是一个值得去的地方，但不是一个可以长久逗留的地方。

上月下旬，我和妻与朋友夫妇去故地青岛旅游，兄长金钢前来接机。恰逢妹妹金芳也来此地，于是出现三兄妹在青聚会的难得场面。短短的两天时间，我游故地，见老友，追寻逝去的记忆，度过了一个难忘的周末。

到青岛的头天晚上，几位战友为我接风——他们都是当年与我同一小队、同一宿舍或同一科室的亲密战友，如今有的刚刚退休，有的仍在重要领导岗位上。我们追忆当年，共叙友情，好不快哉。

我们入住在第一海水浴场旁的一家饭店。

第一海水浴场是我曾经的乐园。因为家在海边，过马路便是浴场，一些同学和同事们常在我家更衣，然后一起在沙滩上晒太阳，在大海里游泳。每次下海，我都将目标锁定离岸500米远的防鲨网，手触网后才肯回返；我尝试在防鲨网边深潜4米多触底抓沙，也常在游泳的速度与耐力上给自己制定新的目标。

四十年前后——第一海水浴场　　　　四十年前我和兄长在文登路小学前

　　清早起床，第一件事便是到对面海水浴场，投入清凉的大海怀抱，体验久违了的"海阔任我游"的畅快。

　　早饭之后，沿海水浴场往鲁迅公园方向前行数百米，见到马路对面绿树丛中"青岛文登路小学"几个大字。这里是当年的海军大院，我的家就在这个院子里。我和兄妹都曾在这里读书和生活。十岁那年，因祖母去世，我从上虞山村来到这个大院，听着铃声去上课，放学便下海游泳，这里承载着我少年和青年时期的美好回忆。

　　再往前走是鲁迅公园，青岛最富特色的临海公园，园内有石牌坊、茂密的黑松林，赭红色嶙峋突兀的礁石，前面是蔚蓝的大海，背后为市区。这里是观潮、听涛、赏月、垂钓、休闲的理想境地。迎着海风，我一边观景一边寻找曾经的足迹。在炎热的夏天，这里始终有凉风吹拂，令人神清气爽。当年在青岛工作时，我和哥哥常到这里散步，后来多了嫂子，三人一起散步。

　　游完鲁迅公园，来到我曾经工作的地方——市南交警中队（如今中队改成大队，这里只是市南大队下属的一个中队）。四十年前，我在经

四十年前后——我在鲁迅公园

在当年工作的市南交警中队门前留影

过一个月的集训后，被分配到这个中队。当时，父母已带着妹妹回到家乡上虞，兄长刚从知青组回城。我清晰地记得那一天，下着鹅毛大雪，我独自骑自行车半个多小时，从家里带着铺盖行装到这里报到，住进二十几人的集体宿舍，从此开始了我的职业生涯。

每天，我从这里出发，到繁华的中山路上执勤。我总是精神饱满地站在马路中央打指挥棒，偶尔也坐在岗亭拨红绿灯。我在马路上指挥时，总能吸引不少年轻姑娘的目光。据同事说，曾有多位女学生因专注瞧我而撞在电线杆上。我没见过这个场景，但此事在当地盛传。不过，我从未有过绯闻。我除了执勤，便是学习，坚持每天上夜校，每天写日记，包揽了中队的所有黑板报稿件。两年后，我被派到青岛日报社参加通讯员培训班学习，然后调到交通大队（后来的交警支队）机关工作。

四十年前后——我在中山路上

　　听说一位尊敬的长辈患病住院，我与兄妹前去看望。当车子开进医院大门时，我意外发现，这里竟然是我和兄长出生的地方——401海军医院。这是全军首批三级甲等医院，也是一所集医疗、教学、科研、预防、保健、康复于一体的现代化综合性中心医院。想到57年前我从这里降临人世，从此品尝人间的甜酸苦辣，不由感慨万分。

　　离开青岛之前，兄长安排我们去啤酒街体验青岛的特有生活方式——"吃海鲜、喝啤酒"。按常理，喝啤酒是不能吃海鲜的，但青岛似乎是个例外，因为在青岛喝到的啤酒不是一般啤酒，而是"啤酒原浆"。所谓"啤酒原浆"，就是直接从发酵罐中出来的啤酒原液——这

我与兄妹在青岛 401 医院门前留影

是啤酒的精华，只有在啤酒产地才能喝到。傍晚，我们来到这条著名的啤酒街吃海鲜、喝啤酒，果然感觉不同，连呼过瘾。这条街长约700多米，共有各类门店约50处，其中酒店、啤酒吧、饭店20余处，闻名中外的青岛啤酒厂就坐落在这里，并有啤酒博物馆和啤酒宫等设施。

短短两天时间，我似乎经历了一次梦幻之旅。记起了一句忘却了出处的诗语：岁月芬芳了往来的小径，而记忆却如一弯轻浅的小河，时常流动于我的心涧。追寻过去美好的回忆，不仅是对于逝去生活的缅怀，也是对现在自己的一种激励。"过去"，是一个值得去的地方，但不是一个可以长久逗留的地方。

我带着希望，重新回归到我原先的工作与生活状态。

2017年8月

我的制服情结

　　我的制服情结，与我的军人家庭环境有关。上中学以后，我开始穿哥哥穿过的父亲旧军装，后来个头长高，便直接穿父亲的旧军装，也时常穿几件新军装。参加公安工作以后，开始穿自己的警服，以后又穿检察制服。

　　周末，妻子拉着我上街买裤。在一个卖裤柜台，我一条条穿试。

　　我不喜欢紧身的时装裤，尤其不习惯穿贴身的牛仔裤，而爱穿宽松一些的裤子。所以，我最终选中的一条深色裤子并不时尚，却比较宽松舒适，类似我以前穿过的职业制服。

　　在我内心深处，一直存有一个浓浓的制服情结。

　　这与我从小生长的军人家庭有关。自上中学以后，我开始穿哥哥穿过的父亲旧军装，后来个头长高，便直接穿父亲的旧军装，也时常穿几件新军装。在那个年代，能够穿一身灰军装，戴上一顶灰军帽，要是再挎上一只黄色的军用书包，简直就是时代的宠儿。

　　中学毕业参加公安工作以后，我开始穿自己的警服。我戴上大沿帽，穿着佩有红领章的警服，对着镜子，左看看威武，右看看帅气，穿在身上格外欢喜。

头几年，我穿的公安制服是夏季上白下蓝，其他季节为全蓝（冬季还配有皮大衣），与海军军官的制服基本一致，上衣都有四个口袋。唯一的区别是，军官大沿帽上是五角星，而警察大沿帽上是国徽。我尤其喜欢警服上衣的四个口袋。当时部队军衔制尚未恢复，军官与士兵的区别在于上衣口袋：军官有四个口袋，而士兵只有两口袋。在那个时代，人们工资收入很低：普通职工月工资34元至38元，我们警察略高，一年试用期过后每月39元，而在部队，最低军官排级便有52元。因此，当时军官的待遇明显高于其他职业人员，年轻军官更是姑娘们青睐的对象。在中队驻地吃过晚饭，我们这些十七八岁的小警察经常摘掉大沿帽，去附近的海边栈桥一带散步，常能收到路人情不自禁的惊讶——哇，这么年轻的军官！

八十年代中期，公安制服改为金黄色，我也穿过几年。我喜欢那种熟悉的宽松感觉，喜欢那种宽松中透着的凛凛威严。

后来，我调到检察院工作，自然也是穿检察制服，先是黄色，佩戴肩章大沿帽；不久改成深蓝色（夏季上衣为浅蓝色短袖），取消大沿帽，但胸前佩戴由盾牌、五颗五角星、长城和橄榄枝图形构成的检徽。检察制服同样宽松舒适，合乎我意。

这些年来，虽然制服的款式、颜色有了很大变化，

我着公安制服

我着检察制服

但宽松的风格一直没有改变，而我在穿着多年制服之后，体味到外形宽松的制服，其实有着一种促人自律的功效：一个人只要进入特定的行业穿上制服，便有了一种无形的约束力，他就不仅仅只是他自己，他便代表着制服所象征的身份、职业，他便应当具备相应的职业操守与职业习惯，他的做事方式、行为准则也就需要与他的身份职业相吻合。记得电影《唐山大地震》里面有这样一场戏：女主角方登怀孕之后，养父王德清来找方登男友。王德清看到方登男友还在打篮球而不去理会自己的女儿，非常生气，狠狠地捆了他一巴掌。但是，身为军人的王德清在打方登男友之前，他脱掉了军装，因为，他不是以军人的身份打人，而是以一个父亲的身份打眼前这个不负责任的年轻人。这样看似不经意的一个细节，体现了导演对军人制服的敬重，也维护了解放军人民子弟兵的形象。

我的有些战友大概是不愿受制服的约束限制，一下班就将制服换成便装，可我基本不着便装，总是正装外出，即使节假日在家，也大多穿着没有领章、检徽的制服——我喜爱制服的宽松舒适，也喜欢在制服约束下才能感受到的那份庄重与神圣。

……

那天，我在试过紧身的时装裤之后，穿上新买的宽松裤子走在大街

享受宽松中的悠然

上，带着一丝随性的惬意。我已多年不穿制服，但我一直把这种宽松的衣裤当作制服来穿着，通常是深色的裤子配衬衫西装，从来不穿贴身的牛仔裤，也很少穿T恤、夹克之类的自由装；在行走时，我依然保持着穿制服时挺直的身姿。

想起了我国香港的一位女作家，好像写过一篇关于宽松话题的文章，大意是说，她的生活哲学是宽松处理法：买衣服，不要那么紧身的，大一码好了，会觉得很舒服；与人约会，时间不要太匆促，给人留有余地；写作的时候，实在写不出长篇，就写个短篇好了，不要对自己太严格……

我很欣赏和喜欢这种人生态度：对自己宽松，不要给自身太多的压力，不要无谓挑战自己的承受限度；对他人宽容，学会欣赏他人的优点长处，接受他人的短处错误，在非原则的问题上，以大局为重，一笑泯恩仇。我觉得，如此对己待人，会得到退一步海阔天空的喜悦，化干戈为玉帛的喜悦，以及人与人之间相互理解和谐共处的喜悦。不过，仔细想想，又觉得这位女作家表达的意思不够完整。在我看来，宽松与宽容都是应该有限度的，尤其是对自身，不能失之过宽，其宽松度不能超越所处社会人们基本认知与行为规范的边界，应当像穿上警服、检服之类的职业制服那样，宽松而有度，不逾规矩，逐渐养成一种敬业爱岗的独特职业精神，并把自己的人格与习性融入到自己的职业生命之中。

　　或许，这正是制服所蕴含的特性，也是穿着制服之人的魅力所在吧！

2018年2月

第二辑　远方

芬兰的秋

在夜晚清静的时候，我的脑海里偶尔会浮现那位披着金发、身着白底T恤、张大嘴脸涨得通红样子的芬兰姑娘。那姑娘从蓝天上的白色云朵中飘然而至，款款走进塞马湖畔黄似金的白桦丛林……这，是芬兰语中的"Ruska"——我心中最美的秋色！

得知被确定为芬兰考察团成员，我十分兴奋。

我对芬兰的好感，始于马季的一个相声。20世纪70年代，马季与唐杰忠合说的经典相声《新地理图》，以出国游历的形式，将全球70多个国家、城市与山川河流的名称联结起来，既有知识性，又富趣味性，让人在捧腹中对世界各国及重要城市留下深刻印象。这个相声的大部分内容已经模糊，但其中一段——从"也门"里走出来的四个表妹：英格兰、米兰、波兰和北爱尔兰，至今仍然清晰地留在我的记忆里。

当时，我特地从地图上找到马季说的这几个叫"兰"的表妹，发现在英格兰的旁边，还有几个叫"兰"的国家：苏格兰、荷兰、芬兰，南太平洋上还有个新西兰。我觉得，从名字上看，芬兰似乎更像"表妹"。从此，我便格外留意起这位"表妹"来。

后来我去了英格兰，没有什么特别感觉，对旁边的波兰、荷兰、北爱尔兰与稍远些的米兰也没有什么兴趣，倒是对不远不近的芬兰有些向往：芬兰仅有百年历史，这是一个小心翼翼地在大国间周旋下谋生存的国家。曾经，掌权的贵族瑞典与财大气粗的霸主沙皇俄国，为了争夺斯堪的纳维亚半岛的霸权，让夹在中间的芬兰成为十足的"受气包"。在生存环境险峻、资源极度匮乏的情况下，芬兰人保持自身的独立性与尊严，奉行"积极的和平中立政策"，不介入大国冲突，在大国之间左右逢源，找到一条适合自己的逆袭之道。如今，这个人口只有550万的小国，屡屡被国际社会称赞和关注，并取得了多个让世界惊艳的"第一"："环境对健康影响指标全球最佳""全世界最佳水质""食品最纯净"。2018年3月14日，联合国发布《2018年全球幸福指数报告》，芬兰位居榜首，成为幸福指数最高的国家……

芬兰，温婉而贤淑，聪慧而灵巧，很像我的一位远方表妹。

金秋时节，我终于来到芬兰。接待我们的小温，是一位在芬兰留学后定居的山东小伙，挺有学识，也很健谈。

他说，我们来的正是时候，之前一直在下雨，一派肃杀的凄凉，我们一到便放晴转暖，到处是缤纷的美丽。他还说到，秋天在芬兰短得可怜，最美丽的时期仅持续约两周的时间。不多的上场时间让树叶们只能雷厉风行地进行表演：一夜之间，漫山的叶子都飞舞起灿烂的红黄；再一夜之间，就又做好准备淹没在初雪里面……

噢，我们赶上了芬兰最美的金秋。这到底是怎样的一个秋呢？我急切期待品尝这芬兰的"秋"味。

第二天，我们从赫尔辛基出发，去二百多千米之外的米凯莉市考察。

汽车在高速公路上行驶。我被公路两旁的景色深深地吸引了。路两旁的树林被涂上或黄或翠或红的色调：那黄的似金，是白桦树；那翠的如玉，是松柏树；偶尔有一蓬蓬猩红映入眼帘，那是枫树。这三种色彩与蓝色的天空和飘忽的白色云朵，共同构成一幅缤纷绚烂的画卷。

在米凯莉市，我们考察那里的水环境治理，然后参观著名的塞马湖。

芬兰是世界上湖泊最多且湖泊密度最大的国家，拥有18万8千个湖泊，被称为"万湖之国"，而塞马湖便是其中最大的湖。塞马湖上，形态各异的小岛"异军突起"，与河流和运河组成惊艳的蓝色迷宫。有人说，塞马湖是上帝在芬兰流下的一滴泪，整个北欧的诗情画意都在这里！

我漫步在静美的塞马湖畔。清亮的湖水安静地躺在蓝天下，洁白的天鹅悠然地游来游去，野鸭子成群地掠过湖面，荡起层层涟漪。湖的两岸更是迷人，树林姹紫嫣红。秋天在这里尽情地调色，然后将所有的暖色都倾泻到树叶上，绽放出最炫的风采。

我说，秋天是一个收获的季节，更是一个美丽的季节。可小温却说，在芬兰，秋天是一个美丽的季节，却不是收获的季节。这里盛产的土豆、草莓、云莓、蓝莓在夏天都收完了。芬兰的秋天，就是欣赏"Ruska"。小温向我解释说，"Ruska"在芬兰语中，专指树叶在秋天变黄、变红的颜色，最接近中文中"秋色"的意思。

长见识了！原来，芬兰的"Ruska"与中国的"秋色"有着"异曲同工之妙"。

我在湖边的椅子上坐下。

我感觉，犹如置身在一个宁静而绝美的仙境：头顶上的蓝天明亮广阔，四周的草木尽染秋色，远处的湖水倒影山林。秋之塞马湖，安静、祥和、艳丽。徜徉在湖旁的林间小道，或近观、或远眺、或仰望、或回眸，映入眼帘的，全是摄人心魄的美丽！我发现，我早已沉醉其中而舍不得离开"她"了。

为什么要用女字旁的"她"呢？我问自己。

我想，这是因为，作为芬兰突出代表的塞马湖，具有明显的女性

芬兰姑娘给我们上菜

芬兰姑娘惊讶羞涩的样子

特性。放眼望去，一汪汪的湖泊犹如一枚枚洁净无尘的镜子，一望至底的湖水让我想起心无城府的女孩，娴静、安祥地坐在梳妆台前，理着丝丝秀发。是的，秋天的塞马湖，很像一个女孩。她不矫揉，不造作，闪着一双秋水般的眼睛，有着说不出的妩媚，很是真实动人。

在离开芬兰的前一天晚上，我们在当地的一家餐馆吃西餐。上菜的是一位年轻的芬兰姑娘，笑容可掬，有些稚嫩，算不上漂亮，但很纯真。我端详着她：身着白底T恤，一头金发。这令我想起公路边黄似金的白桦树与飘忽在蓝天上的白色云朵——我忽然想起马季先生相声中说到的表妹。"很像很像"，我心里说。只是，她不叫英格兰，也不叫米兰、波兰、北爱尔兰和其他的什么兰，她的名字应该叫——芬兰。

面对这位从未谋面的姑娘，我的心底竟然弥漫起一种特殊的情愫，不是男人对女人的那种，而是带有亲缘关系的那种。我想应该同她留个影，可是我不会表达。同行的一位朋友知道我的想法后，指着我，用英语同她讲：我们这位先生对你的服务很满意，他想同你一起合个影，可以吗？我注视着她。她十分专注地听着，当她听明白说者的意思时，忽然意外地张大嘴，脸涨得通红，转脸羞涩地笑着跑了。

我感觉，这羞涩里，包含着纯真，如同山涧的一股清流。

我确信，她就是我心中的芬兰表妹的形象！

回国已经有些时日。在夜晚清静的时候，我的脑海里偶尔会浮现那位披着金发、身着白底T恤、张大嘴、脸涨得通红样子的芬兰姑娘。那姑娘从蓝天上的白色云朵中飘然而至，款款走进塞马湖畔黄似金的白桦丛林……

这，是芬兰语中的"Ruska"——我心中最美的秋色！

2018年10月

今
有
所
悟

菊花王的花样人生

　　吴海峰的花样人生：做花梦——畅想最新、最美的菊花事业；播花种——培育最多、最好的菊花品种；走花路——创出一条集规模化、现代化、研产销一体化的菊花致富道路；结花果——将美好的菊花梦想变成现实，诠释完美人生。

　　我与吴海峰相识在日本。

　　2018年10月，我随团赴日本考察，在东京大田花卉市场遇到浙江海丰花卉有限公司董事长吴海峰。大田花卉是日本国内最大、世界第三大综合花卉市场，每天花卉销售在200万至400万美元之间，来自亚洲、非洲、欧洲、南美洲等世界各地的4000多家公司，通过海运和空运，向大田花卉稳定供货。

　　在大田花卉展示厅里，我看到了产于海丰花卉的菊花。

　　吴海峰向我介绍说，日本是海丰花卉在国外的主要市场，除了大田花卉之外，海丰花卉还定期向日本600多家超市供花。2018年以来已向日本市场出口鲜花3500万枝，发货323批次，销售9000多万元，预计当年公司能完成销售额2.4亿元。

　　我有些吃惊，端详起眼前这个看似寻常的人：中等个，圆脸庞，操

我和吴海峰在日本

着不太地道的普通话，也能说上几句不地道的绍兴方言，却干着地地道道的菊花事业。我问他的年龄，他让我猜。我估摸五十岁的样子，查验后才知道他还不到四十岁。再次端详，我看出他的脸上有风霜，眼里有智慧。我断定，这是一个身上有故事的人。

我与他交谈起来。

吴海峰于1999年从浙江诸暨农校毕业后，一直从事花卉的种植与营销工作，2009年自立门户，不久创办浙江海丰花卉有限公司，现在公司已具备种苗繁育、种植生产、采收分级、加工包装、冷链运输等菊花产业链的整体运营能力，年产菊花5000万枝以上，并已完成A轮、B轮、C轮三轮融资，是目前国内种植菊花品种最多、单体菊花加工生产中心最大的企业，争取三年内在主板上市。

奇迹啊！这一切竟然在不到十年之内完成，我惊叹道。这奇迹是怎样发生的，又将如何演绎发展呢？我的心中升起若干个问号，因为时间

海丰花卉菊园

短暂，我无法将这些问号拉直。

回国后不久，我在媒体上看到一则报道：绍兴惊现全省首个菊花主题公园，规划面积1024亩，其中占地150亩的一期工程已经竣工。我一看，地点在绍兴柯桥区平水镇剑灶村内。

这不是吴海峰的海丰花卉吗？我要去看看！

周末，我邀亲属来到海丰菊园赏菊。菊园场面盛大，布局雅致，内有切花菊、传统菊、金陵菊、种山菊等500余种菊花品种，除了常见的赤橙黄青白粉紫外，还有罕见的绿色，形状有荷花形、乒乓形、风车形，还有松针形，甚是赏心悦目(后来得知，海丰菊园开园一个月时间，接待游客8万余人次，门票、卖花等营业收入达150多万元)。

我徜徉在花海里，沉思。可是，我想得更多的不是眼前的各色菊花，而是这些花与这个花园背后的海丰公司和海丰公司的主人吴海峰。

我记起在日本时看到的吴海峰脸上的风霜、眼里的智慧以及在我心中升起的一个个问号。

我决定采访吴海丰。新年过后的一个休息日，我来到海丰公司。

吴海峰向我讲述他与菊花的故事。他的家乡地处浙江最偏远的丽水市庆元县，家有五兄妹，幼时贫寒，靠母亲养猪维持生计。母亲每年养4头猪，其中1头卖猪钱给吴海峰作学费。吴海峰这样一路读书到中专毕业，然后在杭州、绍兴等地从事菊花的种植与营销工作，靠着山里人特有的韧性、倔强与刻苦好学，他把生意做到杭州、武汉和重庆等地，然后跨出国门做到日本。

一个偶然的机会，吴海峰发现一个奥秘：日本人酷爱菊花，每年菊花消费量20多亿枝，由于劳动力成本高、土地又少，40%依赖进口，一枝成本0.6~1.1元的菊花，在日本可以卖到1.5~2.5元。吴海峰从中看到了商机，集结了一批志同道合的伙伴，合伙创办菊花专营公司。他克服种植、销售和管理上的一个个难题，在巩固国内市场的同时，带领团队开辟日本、韩国、俄罗斯等海外市场，获得不菲收益，几年时间便从一个默默无闻的小公司成长为产供销一体的花卉产业龙头企业。

成功的背后往往隐藏着辛酸和磨难。2012年，他投资800万在上虞驿亭建立菊花种植基地，第二年又投资300万建立海南基地，计划将驿亭基地的种苗运到海南种植。不曾想，这年10月菲特台风带来的强降雨，让浙江余姚、奉化、上虞等18县（市、区）城市受淹，吴海峰的驿亭菊花基地遭受灭顶之灾，所投资金血本无归，驿亭菊苗供应海南的计划同时落空，还要支付花农工资和客户损失费260多万……

那些天，吴海峰心里遭受了前所未有的煎熬，人也消瘦、苍老了许多。但他没有垮掉。灾难让他更加谨慎，也更加务实。他重新寻找菊花种植基地，物色合作伙伴。他接受驿亭菊花基地受淹的教训，按照

"有水、地势高、交通便利"的条件，寻到绍兴市柯桥区的平水镇剑灶村，在此建起1000亩菊花基地，并将公司总部迁到这里；又在绍兴上虞、金华磐安、海南东方、云南昆明等地流转土地1800亩，投资建设新的菊花种植基地。他按照"公司＋基地＋农户"的模式，与400多户农民签定菊花种植合同：海丰公司提供大棚，统一管理、统一物资、统一收购，统一技术作业标准；农户只负责田间管理，如因不可抗力造成损失，公司兜底保证农户的收益。

接踵而至的订单，带动了种植农户有效增收，海丰公司也随之发展壮大，实现了国内生产基地与海外市场商超直接对接，成为日本菊花的最大供应商。

"不到十年时间，公司发展到现在的样子，你是怎么做到的？"我道出了心中的疑问。

"起初是因为喜欢。我喜欢菊花绚丽缤纷的色彩，婀娜多姿的花型，高洁清逸的形象，也喜欢她迎风傲霜的性格。"吴海峰喃喃地说："菊花盛开在百花凋零之后，在恶劣的环境下生存，勇敢坚强，与我的人生经历颇为相似。"他告诉我，自从参加工作接触花卉以后，对菊花情有独钟，经常蹲在地头研究菊花的颜色、形状、瓣形、茎、叶及菊花的功能与生长习性，并找各种菊花的书看，后来干脆买来中国农业大学的本科全套专业书籍，全部学完。他还结合菊花的种植和营销，自编菊花作业指导书籍。他说："我对菊花，比老婆和孩子更了解。看到任何一片菊花叶子，便能判断出是何种菊花品种。"

"后来呢？"我问。

"如果说起初我对菊花只是一种爱恋的话，那么到后来应该是一种情怀。"吴海峰说，菊花不像牡丹那样富丽，也不像兰花那样名贵，但她自然、质朴，淡而有味，雅而有致。而且，菊花的芳迹随处可见：她

菊花出口车间

可入诗，在陶渊明的篱下，在李清照的帘外；更多的，她还是开在寻常百姓之中，在喧闹的都市、在广阔的原野、在学者的案头、在农人的墙根……他建起菊花科技研发中心，请来专业学校的博士和一批硕士组成菊花专业团队。他说，他要成为国际领先的花卉健康产业综合运营商，要让自己种植加工的菊花走进千家万户，并出口更多的国家。

我问他今后的目标，他说今生只做一件事，这件事就是菊花。他向我讲述了今后的三个目标：一是做大菊花产业，争取通过3年的努力，销售突破10个亿，纳税超过5000万，联合1000个农户，带动周边农民就业3000人以上；二是做精主题公园，打造一个具有观光、休闲、教育、购物、康养等要素的综合性菊文化园区，年内举办一次国际菊花名品博览会和菊花产业发展论坛；三是做好花艺普及，让菊花进入更多家庭，并对菊花进行深加工，形成菊花茶、菊花香精等系列菊花产品，满足人们对美好生活的追求。

他在说到"美好生活"的时候，眯着眼笑了。我看到，这时候的吴海峰除了脸上的风霜和眼里的智慧之外，还有一份执着、一份自信，一份对菊花的痴迷。

与吴海峰告别以后，我感到意犹未尽，独自来到海丰公司的菊花出口车间。

凝望着一支支鲜艳的菊花，思绪随着缕缕菊香在空中飘荡。恍惚间，我感觉眼前的菊花车间慢慢幻化成一座菊花大厦，大厦上写着"海丰"二字；海峰从大厦向我走来，头上戴着一顶桂冠，上面写着三个遒劲的大字：菊花王！

"海峰""海丰"，我品味着这两个词语：海峰，是吴海峰的名字，标志他的人生高度，这个人生高度便是菊花王，他已成为国内名符其实的菊花之王；海丰，是吴海峰公司的名字，表现他的人生宽度，这个人生宽度便是他的花样人生。

我把思绪定格在菊花王的"花样人生"上。

"这是一种怎样的人生呢？"我自问。

"就叫做花梦、播花种、走花路、结花果吧！"我自答。做花梦——畅想最新、最美的菊花事业；播花种——培育最多、最好的菊花品种；走花路——创出一条集规模化、现代化、研产销一体化的菊花致富道路；结花果——将美好的菊花梦想变成现实，诠释完美人生。

我想，这便是菊花王吴海峰的花样人生吧！

2019年2月

梦中的牵牛花

在我的梦境里，常常闪现这样的画面：受一股无形力量的牵引，我从开满牵牛花的上虞太平山，走进开满牵牛花的青岛太平山，一簇簇牵牛花向着四周山野蔓延；我欢快地笑着，笑声从一只只牵牛花的喇叭口溢出，向四周山野飘荡……

体育场墙外盛开的牵牛花

清早散步经过体育场东侧围墙时，见到两处盛开的牵牛花，心中顿生欢喜——这是我一年前播下的种子。

我喜爱牵牛花，她是根植于我内心的一份美好。

小时候，在老家上虞的太平山，我时常看到这种清新美艳、型似喇叭的花朵。她的叶子三裂，基部心形，花的颜色有蓝、绯红、桃红、紫等，亦有混色的，花瓣边缘的变化较多，呈漏斗状。每次见到这花，我都要驻足观赏一会儿——我喜欢她的清新，喜欢她清新花朵上纯净的水珠，我也喜欢她精巧雅致的喇叭状花型。不久我到北方青岛生活，常与兄妹去中山公园背后山上父亲部队的驻地，那里也叫太平山，山上也开着这种型似喇叭状的花朵，很觉亲切。后来，我知道这种花叫牵牛花，一般在春天播种，夏秋开花，可延继到中秋前后，是常见的观赏植物。

我的家庭总体上平和顺畅，没有经历大的波折。不知从何时起，我的心中生出一份执念：我所经历的一切美好与太平山有关，与太平山上的牵牛花有关。于是，在梦境里，我常常被一种潜意识牵引，我从开满牵牛花的上虞太平山，走进开满牵牛花的青岛太平山，融进漫山遍野的牵牛花丛中；我欢快地笑着，笑声顺着一只只牵牛花的喇叭口向四周山野飘荡，一簇簇牵牛花向着四周山野蔓延……

几年前，我无意中发现牵牛花的种子，如获至宝，种到自家的屋顶花园，一年后果然长出许多清新美艳的牵牛花来。秋后，望着结成卵球形的牵牛花果实，想起梦幻中牵牛花向周边四野蔓延的场景，心中萌生出一个想法：将牵牛花的种子播到散步的体育馆周边，不仅给自己，也给经过的人带来一份美好。

去年春天，我开始实施牵牛花播种计划：黄昏过后夜幕降临之际，我来到散步经过的体育场，先寻一块挖土的石块，觅一处种植的地块，再掏出装有牵牛花种子的信封，挖好土壤，放入3~5粒花种，培上土壤。一连几天，我辛勤播种，在自以为所有可能的地方播下种子。女儿听说我的"壮举"，戏称：老爸有一种少男情怀！

哈哈，少男情怀？我已60岁，我有吗？想想，或许是有的。

我算计着牵牛花出土与开花的时间，出门散步时总要有意识地到年前播种的地方转悠，查看有没有冒出牵牛花的枝芽与苞朵来，但结果却如胡适先生笔下从山中来带回兰花草的年轻人，"看得花时过，苞也无一个"。

现如今，在体育场这个不起眼的角落，真的开出牵牛花来，"满墙花簇簇"，偿了我的夙愿。

其他播种的地方会不会也有意外惊喜呢？我绕体育场一周，结果没有发现。

回家洗漱后躺在床上，发觉脑子里竟然全是牵牛花朵。闭上眼睛，又浮现上虞的太平山与青岛的太平山连成一片的牵牛花朵，不断向周边四野蔓延……

可是，为什么播下这么多种子，收获却只此一处呢？经咨询行家，原来是我的播种方法有问题：牵牛花种子具有较硬的外壳，播种前应先割破种皮，或浸种24小时；种子不经处置直接播种的，除非水土气候特别适合，否则很难成活。

我明白了：播下种子如同播种希望；播种准备越充分，越是努力，收获才越大。

忽觉心中一动：种植牵牛花，不正是播种希望吗？在人的一生中，我们会有许许多多的希望，由于受主观能力与客观条件的限制，大部分希望不能实现。但是，我们不能因为希望实现难而放弃希望，不再怀抱希望。倘若如此，生命便失去价值，人生便失去前行的动力。正确的态度，应是在失望时不绝望，在失意时不失志，把希望衍化为某种期待、企盼，某种理想、憧憬与追求，然后在现实生活里付诸实践，化为实实在在的行动。回望自己走过的人生历程，希望很多，失望与失意也很多。当我的世界弥漫着阴风凄雨时，当我的努力被挫折割碎时，当我种植的希望没有实现，却结出了失望的果子时，我依然坚持努力与付出，向着梦中的春天进发……

种植一粒种子会收获一个金色的秋天，种植一个信念会收获一个充实的人生，而种植一个希望并付诸实际行动，则会在某个不经意的瞬间收获果实，或许还会拥有一个"无心插柳柳成行"的意外惊喜呢！

　　清早起床，走到屋顶阳台，凝望东方。当看到冲破黎明最黑暗的第一缕阳光时，我想到：这，正是光明寄予万物的希望！

2019年9月

第二辑　远方

探寻最好的养老模式

舅舅在绍兴的两套住房，一套房子卖100万元，用于支付随园15年一次性租金，尚有盈余；另一套房卖150万元，资金存银行，其中100万的利息收入支付随园每月3000元的物业管理费，50万的利息收入用于回绍兴居住与外出旅游的费用。

妻子的舅舅发来一组照片，是在新居随园嘉树养老公寓拍摄的。我没有过多留意照片上好看的园景与高档的楼宇设施，而是将目光停留在老人的笑脸上。我发现，舅舅和舅妈的笑容虽然洋溢的脸上，却发自心底，渗透在血液与每一个细胞。舅舅留言：在随园嘉树，有尊严、有梦想地生活是一种常态，我们每一天都过得很快乐！

接到邀请之后，我和妻子及妻兄妻妹等家人一同前往，探寻随园嘉树的养老模式。

舅舅已在随园嘉树门口等候，见面后热情招呼我们，然后领我们进园参观。

随园嘉树位于杭州市余杭区，是万科集团倾心打造的一个养老项目，采取"一次性交付15年租金＋月服务费"模式：一次性交付15年租金，可以覆盖项目前期建安成本；持有资产15年后可再次租赁，未来有整体退出的机会；而"2500~3200元／月+增值服务"的服务费模式，则让项目得以可持续运营。

走进随园嘉树的活动中心，在一个大厅前停留，只见一群穿着时尚的妇女在里面走台步，其中有个熟悉的身影。细瞧，原来是舅妈。舅妈虽已70多岁，但看起来十分年轻，走起步来挺而不僵，柔而不懈，身体各部位的动作连贯协调，具有一种张力。不一会儿，活动结束。应大家要求，舅妈专门为我们表演走台步，大家看后连声叫好。妻嫂和妻妹也跟在舅妈后面，有模有样地走起台步来。

接下来是参观内部的功能设施。随园嘉树于2015年正式运营，现有1000多位老人入住，配有"金十字"养生休闲区，面积达4500平方米，集中提供文娱、学习、商业等养老功能，包括景观餐厅、阳光阅览室、多功能厅、健身房、棋牌室、咖啡吧、老年大学等。为了丰富入住老人的精神文化生活，随园嘉树打造了20多个俱乐部，供老人们自由挑选。在这里，动可享交谊舞、广场舞、太极拳、乒乓球、瑜伽、台球、激扬健身；静可享书画学堂、中外文艺、棋牌博弈，陶冶情操；每月还举办生日会、校友会、迎新会以及业主自发组织的俱乐部等活动，通过这种形式帮助老人维系与家人的亲情，同时构建起一种和谐的邻里关系……

舅舅和舅妈是其中的活跃分子，舅舅参加了交谊舞、绘画、打台球、打麻将，舅妈参加了交谊舞、模特和插花艺术。

舅妈说，最喜欢随园的24小时管家式服务，它将优质的医疗护理与精心的生活照料相结合。这里的每个单元都配有专业的管家进行管理服务，为入住老人解决生活上的具体问题，并建立健康管理档案，每周请专家坐诊，及时掌握每个老人的健康状况……

走出俱乐部，穿过庭院，来到了舅舅和舅妈的家里。这是二室一厅户型，双阳台，两房间南向。舅舅介绍说，随园的房子分大中小三种套型：大套三室一厅110平米，中套二室一厅100平米，小套一室一厅75平米。舅舅选住的是二室一厅中套。

我们逐一参观房内设施。房间虽然面积不大，但设计合理，充分照顾到老年人的使用需求：门口有搁物架、插卡取电、玄关人体感应智能灯、起夜地灯；卫生间有暖气片、暖足机、松下暖浴块；厨房有灶具、柜下拉篮，直饮水。此外，防滑地砖、卡式数码锁、大按键智能电话、阳台晾衣架、一键紧急呼叫按钮、卧室应急灯等，一应俱全，很是方便、实用。

在厅堂和卧室，摆放着许多照片，都是舅舅和舅妈在随园的留影。我仔细端详着、品味着：这哪里像七八十岁的夫妇，倒似一对新婚燕尔的情侣！

今有所悟

我们饶有兴趣地观赏照片，并由衷地称赞二老年轻，精力充沛。舅妈很开心，指着照片，向我们逐一介绍：

看着一张张充满温情暖意的照片，我们都被感动了——人间婚姻的最美结局，莫过如此吧！

"看看周围的环境吧？"有人提议。

走出家门，我们漫步在随园嘉树的小区里。随园嘉树位于良渚文化村的核心区块，占地面积100亩，建筑面积6.3万平方米，背倚绵延的良渚群山，随山就势，建有17栋楼房，其中1栋颐养中心和1栋康复中心，以年迈与术后康复需要看护的老人为主，同医疗机构合作，提供专业医疗服务；其余15栋为生活自理老人生活区域，5层电梯洋房，一梯四户，共575套养老公寓。仔细观察，我发现整个小区没有台阶，所有的单元门口都有风雨连廊连接到活动中心；电梯也是特制的，比较窄但是更深，为的是特殊情况下方便放置病床或担架。

"为什么取名随园嘉树呢"？我问。

舅舅上绘画课很专注　　　　　　　　　　舅舅打台球很专业

舅妈上插花课很享受　　　　　舅舅和舅妈跳交谊舞很浪漫

　　"当年我来考察时，专门考证过这个问题"，舅舅笑着说："随园"与"嘉树"，都是有出处的："嘉树"，取自陆羽《茶经》"南方有嘉木，其叶有真香"。嘉木郁郁葱葱，发荣滋长，沉浮杯中余香袅袅，恰如悠然的养生境界；"随园"，则与生于杭州的清代大诗人袁枚有关。袁枚闲逸放达，优游自在，晚年别居随园，世称随园先生，并有论诗之作《随园诗话》。随园嘉树，得"随园"之名，而取"嘉树"之意，正若悠然

过生日舅舅和舅妈很开心

金婚庆典舅舅和舅妈很幸福

山水，涤净尘虑的意境，丝缕交融着东方长者的美好愿望与养生理想。

我凝视着舅舅，他已82岁高龄，眼里写满了故事，脸上却不见风霜，如今依然耳聪目明、思维敏捷，出口成章。

何以如此呢？是因为从小受过高等教育？是婚后与舅妈相濡以沫50多年的情感滋养？还是乐观豁达的性格使然？抑或是以上三者与随园嘉树宜人的环境与文化相互交融的结果？我想，应该是兼而有之吧！

又想到一个问题：舅舅和舅妈都是绍兴人，他们是4年前卖掉绍兴的两处房子后住进这里的。他们是怎样的养老理念，又是如何选择随园嘉树的呢？我道出了心中的疑问。

"2015年春，我们前来考察，被这里优越的环境、服务和设施所吸引，感觉很适合我们。"舅舅向我们介绍说：儿孙定居国外，虽然生活条件良好，也很孝顺，但毕竟身在异乡打拼，很是不易，不想过多打扰他们的工作和生活。我们觉得，最好的养老模式，是在有精力的时候能做自己喜欢做的事情，而到生活不能自理时依然能有尊严地生活。我们考察随园之后，发现无论是精力充沛者，生活不能自理者，还是有其他多元化需求的老人，都能在这里找到属于自己的相应位置。考察结束以后，我们毅然卖掉绍兴的两套住房，当年就住进了随园嘉树。

舅舅给我们算了笔账：绍兴的两套住房，一套卖100万元，用于支付随园15年一次性租金，尚有盈余；另一套卖150万元，资金存银行，其中100万的利息收入支付随园每月3000元的物业管理费（除伙食、理发、足浴与商场消费外，其他都免费），另50万元的利息收入用于回绍兴居住与外出旅游的费用，完全够用。

舅妈补充道，之前每年都会根据不同季节到日本、天目山、海南、厦门等地居住，春踏青、夏避暑、冬躲寒，动态养老。住进随园后，因为这里有中央空调和地暖，基本结束了这种候鸟式生活，但每年都会在适当的时节与随园朋友结伴外出旅游；过年和清明节等重要节日需要回绍兴，便选择当地理想的酒店居住……

我不由得赞叹起来：舅舅和舅妈通过合理筹划，探寻最好的养老模式，在天堂般的随园嘉树修身养性，做自己喜欢的事情，过自己真正想要的晚年生活。

望着这对经过50多年婚姻却依然年轻的老人，我想，如此状态，才是最好的状态；如此人生，才是幸福的人生；如此模式，才是最好的养老模式！

想起莫言说的一句话："我只负责两种人：生我的人，我生的人。"后来，此语延伸为网络语："年轻时不拖累生我的人，年老时不拖累我生的人。"或许，这便是当下最时尚的养老理念吧！

回到绍兴以后，想起考察随园嘉树的情景，耳边又响起舅舅说的那句话：最好的养老模式，是在有精力的时候能做自己喜欢做的事情，而到生活不能自理时依然能有尊严地生活。

我和舅舅舅妈

　　我觉得有一件重要的事情要做。对，从现在开始，我要着手筹划自己退休以后的生活，探寻一种适合自己的最好养老模式，开启一段真正属于自己的精彩人生！

2019年12月

刘侍郎墓前的凝想

重大的社会动荡，可以使一个尊贵家族政治上失势，经济上破产，但只要保持文化上的优势，传承优良家风，这个家族就有机会重新振兴。家族文化，才是传承的灵魂！

1245年正月初三，一颗光芒四射的流星划过天幕，坠落在古越大地丰惠南源的山麓。从此，南源开始越来越多地吸引世人的目光……

清明节刚过，金慎言老师邀我去丰惠南源村参加作家进南源采风活动。这南源，正是700多年前坊间盛传的那流星坠落之地，也是南宋王朝至今未解的谜。

我们走访了"晋樟叠翠""五行汲井""瑞象问禅""西溪归耕"等景点后，来到王牌岭自然村黄蛇山上。在一个青梅园内，我见到两具2米多高的石人，雕刻细腻，线条流畅，手持朝笏，身着宋代文官服饰，可惜头部被毁，不知踪迹。这里，便是侍郎刘汉弼之墓。侍郎墓周边原有四角石亭4座，石人石兽排成两行，从甬道进入墓地，场面甚是壮观肃穆，可惜在"文革"时毁于一旦，墓室被盗，周围文物夷平，所幸两个石人由于过于沉重，被当时的村民就地掩埋，才得以保存。

我想起了坊间传说的700多年前坠落在南源山麓的那颗流星……

我与金慎言老师在刘侍郎墓前

从"侍郎刘汉弼墓"的文字介绍和同几位老师的交谈中，了解到这位刘侍郎的大致情况：刘汉弼生于儒学世家，1217年中进士，授吉州教授，由此步入仕途，历江西安抚司干官、浙西提举茶盐司干官、著作佐郎、兵部员外郎、监察御史、左司谏、户部侍郎等职，为力挽风雨飘摇的南宋王朝而鞠躬尽瘁，与同时代的杜范、徐元杰，被后世史学家称为"淳祐三君子"。尤其是在监察御史职位上，刘汉弼忠君爱民，嫉恶如仇，置个人生死于度外，弹劾多名身居高位的佞臣庸官，于1245年正月初三暴疾而亡。理宗深感痛惜，下诏赠刘汉弼官田五百亩、钱五千缗，作为抚恤，并赐谥号为"忠"，史称刘忠公。刘汉弼逝后葬于南源黄蛇山，族人迁居于此守墓，后子孙繁衍，开枝散叶，形成后来的王牌岭自然村。当地举刘汉弼为乡贤，祀奉在上虞学宫的乡贤祠中；至明代，上虞府治（今丰惠镇）之一坊，因刘汉弼被尊称刘忠公，更名为"忠谏坊"。

从南源归来，我的心绪久久不能平静，眼前不断闪现刘汉弼身着宋服、刚正睿智的身影，挥之不去。我问自己：是因同为上虞根籍的情结？是因我曾长期从事政法工作而引起的职业共鸣？是为他刚正忠烈的品格所敬仰？抑或是为他立言、立德、立功"三不朽"的历史功绩所震撼？我觉得都有一点影子，却又都不全是。

翻阅《南源村志》，我发现在刘汉弼之后，南源村又出过文武两进士，改革开放后更是涌现90多位本科以上大学生。我陷入深深的思考……

我再次来到南源，伫立在静寂的刘侍郎墓前，凝想。

南源是700多年前坊间传说那颗光芒四射流星的坠落之地，而那流星坠落之时，正是刘汉弼暴疾而亡之日。显然，那流星是指墓中的刘汉弼，可造就那四射的光芒呢？

据金慎言老师在《刘汉弼与他的仕途人生》一文中记述：刘汉弼祖上是书香门第的儒学世家：高祖刘镒，以孝谨闻名于世；曾祖刘邦义，刻意学问，贡太学；祖父刘开，字见道，曾中进士；父刘昌龄，字德远，二十岁中举，三十八岁病亡。而刘汉弼本人，禀赋聪颖，性情温和，与兄汉辅共处一室。哥哥教弟弟认字、写字，弟弟一丝不苟地学习；哥哥教弟弟读圣贤之书，弟弟认认真真地读，细细咀嚼品味。兄弟俩以贤人的品行、操守来砥砺自己，学做有品格的人。南宋上虞知县赵希增在祭刘汉弼的文中写道，"昉于家庭，依仁蹈义，事亲从兄，公于是时，冉闵颜曾"。其意是说，刘汉弼从小在家里就开始学做仁义之事，孝敬母亲，听从兄长，以冉、闵、颜、曾等圣贤为榜样，严格要求自己，这为刘汉弼今后的仕途奠定了仁义、刚正、忠君、清廉的思想基础。

我恍悟：原来，深厚的刘氏家族文化，才是造就那四射光芒的光源！

家族文化，一般是指以家族的存在与活动为基础，以家族的认同与强化为特征，注重家族延续与和谐并强调个人服从整体的文化系统。一种家族文化的形成，往往需要数代人的共同奋斗与积淀。

记得孟子有句名言："君子之泽五世而斩"。从字面上理解，"泽"，是指一个人的功名事业对后代的影响；"斩"，意谓断了，没法再继承。意思是说，有本事的君子，得了个好位子，挣了一大份家业，想千秋万代地传下去，但因为子孙们坐享其成，不思进取，往往"五世而斩"，留给后代的恩惠福禄经过几代人就消耗殆尽了。这与乡坊间所传"富不过三代"有相近的意思。为什么富者不能恒富，贵者不能恒贵？我想，究其原因，除了他们骄、奢、淫、逸之外，还有一个重要原因，那就是家族文化的缺失。那些在社会转型时期发横财的经济暴发户，那些通过投机钻营挤身官场的政治暴发户……他们，只是那个特定时代的产物。他们原本缺乏良好的家族文化传承，如再不注重文化道德建设，任其损人利己、损公肥私的利己主义思想泛滥作祟，那么，其后代必然走向败落。

我曾查阅家庭文化传承的资料：孔子家族开创儒家之风，从春秋到现在2500多年，传承80余代，后代有300多万人；钱氏家族，自吴越钱镠开始，历朝历代皆有俊杰，近代以来更是出现人才井喷现象，追溯源头，与《钱氏家训》有极大关系；晚清时期的曾国藩，位列三公，拜相封侯，其后裔人才辈出，长盛不衰，这与曾国藩"寒素、勤勉、笃学"家教核心理念密切相关。再看外国，罗斯福家族兴盛了460年，英国温莎王氏家族兴盛12个世纪，至今不衰。这些例子足以证明，"富不过三代""君子之泽五世而斩"的对家族兴盛时间判断是不确切的；重大的社会动荡，可以使一个尊贵家族政治上失势，经济上破产，但只要保持文化上的优势，传承优良家风，这个家族就有机会重新振兴。家族文化，才是传承的灵魂！

我伫立在静寂的刘侍郎墓前，思绪奔腾……

我的眼前再次闪现刘汉弼身着宋服的身影：他从诗书中走来，在教化中成长，在书斋写奏议，在崇政殿给皇帝说书，在朝堂上弹劾佞臣庸官，最后暴疾而亡，腾空化作光芒四射的流星，划过天幕，坠落在古越大地的丰惠南源山麓。于是，在南源这片神奇的土地上，天呈祥云，地出甘泉，禾生双穗，风调雨顺，逐渐形成如今富饶、美丽的江南乡村名珠。

想起南源村会堂门口横卧着的那块石碑上的大字：读圣贤书，立君子德，做有德人，圆南源梦。这是村党总支书记倪国民以刘汉弼为楷模题写的南源村训。

有人说，这是新时代南源人的座右铭。

我觉得，这村训的意义远不止于此：南源村训的字里行间散发着君子幽幽的芬芳，这是刘侍郎不死的灵魂与不朽的精神的传承，是传统刘氏家族文化与现代文明村风的融合，也是中国儒家正统与中国复兴之梦的完美融合。这，必将成为照亮南源人前行道路的光源！

2020 年 5 月

第三辑

知行

Chapter Three

我的工作跨度很大：从北国海滨青岛到江南城市绍兴，45年职业生涯，两进两出公安、检察和政法委，还在党委办公室做过几年秘书工作，最后在经济管理部门供销社退休。

　　我做过16年多没有职务的办事员和5年多有点职务的秘书工作，在经历了几年副职岗位之后，连续16年担任基层单位一把手。特别是职业生涯最后几年从事经济工作，我在探索中求新、求变，组织构建城乡商贸服务体系，其间经历了许多人和事、机遇与挑战、成功与挫折，同时也触发了我太多的思考与感悟。

司法官员的无形资产

　　无形资产是指企业拥有或者控制的没有实物形态的可辨认非货币性资产，通常是就企业而言，然而在本案中，我发现司法官员也有无形资产，而且相当可观。这种无形资产如果被滥用或者被别有用心的人利用，将会造成严重后果。

　　世纪之交的夜晚，我与战友们在反贪局办案。

　　这是一起行贿、诈骗案，主犯徐某某是一个借司法官员"金牌"大发横财的"诉讼掮客"。我觉得，此案虽然案值不大，但案情特别，有许多值得思考的问题。于是，在办案的间隙，我与战友们一起研究剖析这位案件当事人。

　　徐某某原是本地的一个农民，十年前中学毕业后从事广告装潢业务，因脑筋活络，能说会道，虽生意上不怎么顺畅，却结交了不少朋友，其中不乏司法官员。

　　在不断深入的交往中，徐某某发现，司法官员的权力比知名品牌具有更大的优越性和含金量，因为后者是"死"的，前者是活的；后者具有一定的从属性和依赖性，前者更具灵活性和权威性。而且在他看来，找司法官员办事，是一本万利之事：送的是他人的钱，留的是自己双份的"情"：一份是受贿人的"情"，一份是行贿人的"情"。而这一"情"字，颇有价值：对受贿人来说，自己是他们的"财神爷"，但也是埋在他们身边的一颗"炸弹"，因此有时也不得不礼让三分；而对送礼一方来说，若是达到了目的，便有恩于他，心里必存一份感激。

这一"重大发现"，令徐某某兴奋不已。此后，他整日与一些司法官员泡在一起，下功夫了解司法机关的工作程序、特点、适用法律的尺度和司法人员的爱好特征，进而打电话、写条子，在案件当事人与案件承办人之间斡旋、撮合、牵线搭桥，充当"诉讼掮客"。

慢慢地，有人发现，徐某某搭手的案子，虽需付出一些代价，却也成效明显，往往能大事化小，小事化了；

慢慢地，徐某某在当地小有名气，人们对他刮目相看了，谁犯了案，就有人想起他，主动送钱、送物，求他行行好，帮助到司法机关打点一下；

慢慢地，徐某某老生意日趋冷落，而"新生意"却日渐红火，"新生意"成了他的第二职业和主要经济来源；

慢慢地，徐某某的胃口越来越大，想方设法寻找案源线索，编造各种理由向案件当事人要钱、要物，送给司法官员，自己也从中攫取钱财。

案发前的几个月，一位企业厂长为使一名被公安机关监视居住的犯罪嫌疑人获释，向徐某某求助。徐向他明示：要想早放人需送钱，让他准备好现金。次日，该厂长即陪同当事人妻子，将一只装有现金的厚厚信封当场交给徐某某。徐只将其中的三分之一送给司法官员，其他现金据为己有。该犯罪嫌疑人转取保候审获释后，徐又以需要打点其他环节的司法官员为由，将自己购买的一台洗衣机发票交请托人予以报销。

其后，徐某某受涉嫌犯罪的孙某亲友委托，多次宴请司法官员，并送以现金，要求将当时已被司法机关刑事拘留的孙某不报送逮捕而改取保候审。在为孙某办事的同时，徐某某没有忘记给自己捞好处，他寻找借口，向孙某亲友骗取现金数万元。

法网恢恢，疏而不漏，徐某某及收受贿赂的两名司法官员全被抓捕入狱，都受到了法律制裁。

翻阅案卷，我的内心久久不能平静。我想到办案中经常遇到的一种现象：在贪官的身边，往往有一个或几个"掮客"。这些人常以受贿者的密友自居，是受贿者信任的朋友，受贿者对他们放心，而行贿人也认为他们可靠。他们穿插于受贿者与行贿人之间，专司联络、议价、送货之职，极尽穿针引线之所能，甚至从帮人下水到推人下水，扮演了极其重要且不光彩的角色。这些诉讼"掮客"的存在，在一定程度上提高了维护政务廉洁、捍卫司法公正的成本。我们在清算腐败的"上家"与"下家"的时候，不应忘了揪出那些在两者间上蹿下跳的掮客。

正想着掮客，脑子里却蹦出一个经济概念——无形资产。无形资产是指企业拥有或者控制的没有实物形态的可辨认非货币性资产。无形资产通常是就企业而言的，然而在本案中，我发现司法官员也有无形资产，而且相当可观。

狐假虎威的徐某某尚能凭借司法官员无形资产的"虎皮"呼风唤雨，而真正拥有"无形资产"的司法官员又该如何用好这种资产呢？

我陷入沉思：对于享有公权的司法官员而言，应该时时提醒自己用好手中的权力，在法律范围内行权；司法官员的权力一旦被滥用，或者被别有用心的人利用，将会给国家和社会造成非常严重的后果，同时也有可能使自己陷入万劫不复的境地。

2000年1月

构建蛛网型知识结构

今有所悟

鉴于检察院的特殊性质与检察官的特殊法律地位，检察官应具有"蛛网型知识结构"，即以检察专业知识作为网络的中心，将相近相关专业知识作为网络的纽结和外围，从而构成从中心向外围放射的蛛网型知识结构。

我无意中看到一份国内学者的研究材料，说人在一生中获取的知识，大约只有30%属于常用知识，其余70%属于备用和无用知识。

自从一年前回到曾经工作过的检察院担任领导职务以后，我便试图从宏观上思考检察工作。以上学者提出的观点，成为我从宏观上思考检察工作的首个切入点。

我想到一个问题：作为职业人士，应该更多地学习与岗位知识相近与相关的知识，在职业生涯中有所作为。联想到周围的一些人，他们知识渊博，能回答"中国历史上哪一个时代的宦官可以娶妻""哪两首歌出自同一张音乐专辑"，能在饭桌上侃天侃地侃社会万象，但是，他们的知识琐碎不成体系，知识结构不合理，不会办事解决问题，也就难以担当重任，自然也就不可能在事业上有什么突破和创新。

我将注意力放到建立合理的知识结构上面。

所谓合理的知识结构，就是既有精深的专业知识，又有广博的知识面，具有事业发展需要的最合理、最优化的知识体系。通常来说，人才的知识结构可以分为横向广博型，纵向专业型、前两类的交叉复合型，以及由基础知识、专业基础知识和主要专业知识等由下往上依次构筑的宝塔型。我觉得，以上几种知识结构，都不适用检察官。

那么，检察官应该具备怎样的知识结构呢？从当前检察官队伍的实际状况看，现实存在着知识单一、能力单向的实际状况，不能适应日益繁重的检察工作需要。

我试图从检察职业的特殊性视角来理解检察官的知识结构：

首先，检察机关的特殊性决定了检察官需要具备特殊的知识结构。检察官职业具有显著的延伸性特征：向前延伸主要是公安专业，要求检察官熟悉现场勘查、刑事照相、检验鉴定、调查访问、查缉人犯及预审讯问等刑事犯罪侦查专业知识；向后延伸，主要是审判专业，要求检察官熟悉人民法院受理案件、法庭组成和判决、裁定等审判专业知识；横向延伸，还要求熟悉行政执法部门及律师方面的专业知识。

其次，检察权的特殊性决定了检察官需要具备特殊的知识结构。检察权即《宪法》赋予的公诉权、检察侦查权和诉讼监督权。检察官作为国家检察权的行使者，在不同的诉讼活动中具有不同的身份和地位。如在侦查活动中，检察官具有侦查员和侦查监督员的身份和地位；公诉活动中，检察官具有国家公诉人的身份和地位；审判活动中，检察官具有审判监督员的身份和地位等。

再次，检察官思维方式与行为方式的特殊性决定着检察官需要具备特殊的知识结构。由于检察官长期按一定规则独立行使检察权，必然形成一整套稳定的思维方式和行为方式，甚至包括工作期间的语言、仪表、行为都有一定的规律性，以维护检察权的庄严，完成检察工作任务。

这般分析梳理之后，我的头脑逐渐清晰起来：鉴于检察院的特殊性质与检察官的特殊法律地位，检察官应具有"蛛网型知识结构"，即以检察专业知识作为网络的中心，将相近相关专业知识作为网络的纽结和外围，从而构成从中心向外围放射的蛛网状知识结构：

我绘制了上图，然后按自己的理解进行阐述：

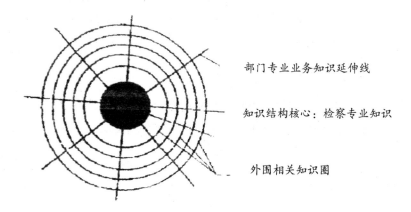

部门专业业务知识延伸线

知识结构核心：检察专业知识

外围相关知识圈

蛛网型检察官知识结构框架图

系统的检察专业知识处于知识结构的中心，在整个知识结构中具有核心地位，是向外延伸各种专业知识的起点，是发生知识辐射线、形成蛛网型结构的"辐射源"。因此，作为检察官，应系统掌握以公诉权、检察侦查权和诉讼监督权为核心内容的检察专业知识。这些专业知识构成了检察官知识结构核心层向不同方向发展的知识延伸线。

与检察工作相近、相关和间接相关知识，构成了检察官的外围知识圈。这一知识圈按由里至外的顺序，应包括公安业务知识、法院业务知识、侦察学、犯罪心理学、逻辑学、行政管理学、经济学、电脑应用、信息网络、政治学、社会学等等。外围知识圈随着社会经济发展和法制健全，随着检察工作要求的提高和专业知识的延伸，不断充实调整发展。

检察专业知识延伸线与外围知识圈连成纽结，形成系统知识间的相互协调、联结、交融结合，这就构成了以检察专业知识为"中心点"，向外围放射的一个适应性较大的，能够在较大范围内左右驰骋的复合型知识网，此即"蛛网型检察官知识结构"。

在一次全市检察理论研讨会上，我提出建立"蛛网型检察官知识结构"观点并加以阐述，得到与会人员的关注，市院领导在询问了有关情况后，在会议总结时提出，将"建立蛛网型检察官知识结构"纳入全市检察干部培训计划，并要我在培训会上作一次讲座。

会后，我沉思：倘若各级检察机关都能重视"蛛网型检察官知识结构"，将其列入检察官教育培训规划，并作为一项战略性、前瞻性的工作来谋划，来落实，使检察官的知识结构无论是整体还是个体，都始终处在符合现实需要的不断变化之中，这对检察队伍的稳定与检察事业的发展，都将起到重要的推动作用。

2001年10月

检察文化的建设

检察文化的内容有着不同的层次，即：表层的物质承载，浅层的行为规范，中层的制度建设，深层的精神追求。检察文化建设应根据这一层次原理，采取不同的建设方法，目的是凝聚检察干部，增强检察队伍战斗力。

2003年年初，新建的检察大楼落成，即将投入使用。望着整洁的墙面与空旷的院落，我觉得应当借助大楼布置装修之机，注入一些检察文化的元素，以提升单位品位，并对检察干部的思想与行为起到潜移默化的作用。

于是，我根据本院的现实情况，开始系统思考检察文化建设问题。

我想，检察文化是法律文化的重要组成部分，是检察官在长期的检察活动中所形成或应持有的信念和价值观念。但是检察文化并不只是一个抽象的概念，而有着具体实在的内容：它表现于检察机关所支持的价值与信仰中，所要求的道德标准中，所制定的规范制度中，所采取的工作方式中，所坚持的传统观念中，以及对人民群众的态度与感情中，代代相传的故事中，在环境氛围的互相影响与互相感染之中。

那么，检察文化的实质内容是什么呢？这是检察文化建设的核心与

主持检察大楼庆典

落脚点。我理解，检察文化的内容有着不同的层次，即：表层的物质承载，浅层的行为规范，中层的制度建设，深层的精神追求。检察文化建设应根据这一层次原理，采取不同的方法：

表层的物质承载，是检察机关的建筑、设施和检察徽志及服装等等所构成的直观反映，是检察文化的物化形式和表象体现。就本单位来说，新落成的检察大楼便可作为建设检察物质文化的一个主要载体；运用好这个载体，能够充分展示检察物质文化，并将设施、装备等其他检察物质文化带动起来。比如：在大楼的注目位置，可以雕刻体现检察文化的塑雕。在大楼内部，可以设计一条文化长廊，让中外法制文化名人的故事和名著伴随检察官；可以建立图书阅览室和电子阅览室，配置一批电脑，为检察官上网浏览和查询资料提供便利；可以建立健身房、文化娱乐活动中心，使检察官在八小时外有一个健康的活动场所；可以在大楼内部配置统一的计算机网络系统、电视电话会议系统、举报自动受理系统、广域网远程证据传输系统、审讯室监控系统以及语音通讯系统和安全监控系统。在场外，可以聘请园艺专家设计树木的栽培、盆景的样式和文化石的摆放，使整个大楼拥抱在宜人的绿色里，盆景、文化石点缀其间，错落有致；还可以设置一些文化灯箱，上面置有标语、警句和图片，使大楼在夜晚灯箱的景色与办公楼上明亮的灯光交相辉映。这些，都是检察物质文化的直观反映，是检察文化的物化形式和表象体现，使人一进入检察大楼，就能强烈感受到一种浓郁的检察文化氛围。

浅层的行为规范，是指检察人员群体在从事检察活动、调研培训、生活娱乐、人际交往中产生的各种活动文化，是检察机关作风、精神面貌、文明举止、公共关系的动态反映，也是机关精神和检察官价值观的折射。我们应在调动检察官主观能动性的基础上，以文化引导为载体，以法律约束为手段，通过规定检察官的行为准则，从正面影响检察官的人格、孕育检察官的成长、支配检察官的行动、塑造检察官的角色，从而对检察官的言行举止、品性修养、执法活动形成巨大的约束力量。我们应围绕"公正"这一检察机关的永恒主题，把"执法无私，护法无畏，奉献无悔"定为院训；围绕检察官职业道德，把"公为本，礼为先，廉为则"定为院风；围绕振奋检察官的精神状态，把"敢为、能为、有作为"作为我们每个检察官的追求目标。这样，将深奥的理论概括为形象的语言，把优秀的理性观念提炼成精辟的警句，把良好的习惯总结为醒目的提示，从而潜移默化陶冶人，营造一个良好的检察文化环境。

中层的制度建设，是指检察人员群体在从事检察活动或检察机关在组织管理活动中形成的检察规章制度和组织机构等等，其目标是不断创新符合时代特征、结构科学合理、管理制度健全的机制，其灵魂是以管理为目的的文化和以文化为载体的管理的有机结合，可着重研究和探索如何健全符合诉讼规律、凸现检察工作司法属性的业务管理机制，如何进一步完善诉讼程序、健全诉讼参与的权力保障机制，如何建立符合检察工作规律、保证依法独立公正地履行检察职责所必须的经费保障机制，如何实现检察官职业化的职务保障机制，如何实现检察机关法律监督职能的程序与方式等等，以此推动检察文化不断健康发展。

深层的精神追求，是检察机关在检察活动、队伍教育管理中形成的具有独特的信念和价值观念，是职业道德、工作目标、群体意识和行为规范的总和，是检察物质文化、行为文化、制度文化的升华。人民检察院以什么样的精神风貌履行自己的职责，赢得人民的支持，实现自己的目标，是检察文化建设的动力源泉。我以为，"嫉恶如仇，执法如山，追求公正，崇尚正义"，是人民检察机关应当弘扬的检察精神，也是法律监督的题中之义，我们应当通过履行法律监督职能，把这种检察精神贯穿于自己的价值体系、道德规范、管理制度和发展战略之中；并以此作为支撑，形成检察文化自身独特的个性和特点。

……

傍晚，我绕着检察大楼散步，脑子里又一次跳出检察文化的概念，然后生成一组组与检察文化有关的文字：

检察文化是通过后天学习实践而获得的，必须进行多方面培育；

检察文化建设是一项复杂的系统工程，也是一项长期的艰巨任务，只有在绝大多数检察干部自觉融入到检察文化氛围之中、尊重本院的价值理念时，检察文化才会真正产生作用，检察队伍的凝聚力、战斗力才能真正得到增强；

检察文化是时代精神的反映，是时代精神在检察领域的具体化，它是一个不断进行自我调节、发展和完善的开放的动态结构，应随着社会政治、经济、科学文化及检察实践活动的深入而不断丰富发展。

2003 年 5 月

做秘书的诀窍

今有所悟

为领导承担更多的参谋助手等辅助性工作，使领导能够集中精力思考和处理较为重大的事情，使自己成为领导在工作上时时需要、处处离不开的好帮手。这，才是做秘书工作的真正诀窍。

前些天与朋友聚会，发觉在坐的大部分做过秘书工作，有的跟过书记、县长，有的跟过副书记、副县长；在座人员的身份也已今非昔比，大都成长为镇街、部门的主要领导，还有几位做了县领导与市级机关的部门领导。

由于之前大家相互熟识并且工作性质相同，交流气氛很是活跃。在聊了一些过去的事情之后，话题聚集到"做秘书的诀窍"上面，说了口要紧、手要勤、脑要灵以及会说、会写、会协调之类的话。其中有位朋友提到一部反腐小说中描写的"斩奏技巧"，核心内容是处理好"斩"与"奏"的关系，即在什么情况下先请示后办事，什么情况下先办事后请示，什么情况下只需办事而不必请示，什么情况下无须办事也无须请示——只要根据不同事态状况灵活运用这些"斩奏技巧"，秘书工作就算是做到位、做到家了。

回家之后，找出那部反腐小说研读，回忆自己的秘书工作经历，再想想现在的一些领导和秘书，还真与斩奏有关。不曾想到，斩奏之间竟有如此大的学问，做了多年秘书工作的我，竟然没能体会到这一诀窍，更谈不上去应用。

转而一想，"斩奏诀窍"固然有其合理成分，但是一个秘书工作者倘若整日想着斩奏之间的事情，整日研究斩与奏的诀窍，那将是一件多么可怕的事情！

我想起自己的秘书工作经历。

20世纪90年代初，我被组织上选调到县委办公室工作，在县委副书记身边工作。如果说之前我只会办案和写材料，充其量只是个办公室主任料的话，那么，在结束了近六年秘书工作生涯之后，我已经具备了作为一名基层领导干部应有的素质，并在不久走上领导岗位后很快适应了新的角色，与同事们一起干成了一些有意义的事情。

当时我想，促使我实现这种转变的最本质东西是什么呢？我曾多次探寻而未得，直到几天前在一篇文章中看到"智识"这一概念以后，我的心里才敞亮起来。

所谓"智识"，就是智慧和见识，是用以统领知识的一种智慧，指一个人对知识涉猎面的广泛程度，还指一个人对事物的洞察能力和感

当年我在县委办工作

知能力，与王阳明先生的知行合一颇有相似之处，这是一种"思"与"行"的结合。现在想来，当年几位领导深深感染我并令我脱胎换骨般改变的，正是这种被称

为"智识"的东西。

十多年过去了，至今我的眼前依然不时闪现领导优雅从容的身影。

副书记负责县委日常工作，每天要处理大量的大事、要事、难事。我发现，面对艰难复杂的工作，领导总能有条不紊地应对，从了解情况到分析问题到酝酿方案，最后将事情办得妥贴、圆满，我从中看到了凝聚在领导身上的智慧、见识以及对事物独特的洞察力、感知力与一锤定音的决策力。尽管当初我还不知道这种能力叫"智识"，但我已清晰地感受到了它的存在，感受到了它的意义与价值。

从此，我在培养自己办文、办会、办事等秘书工作基本功、掌握这些看家本领的同时，开始主动走进领导的思想，悄悄向领导学习。当一个问题出现后，在领导考虑工作方案的时候，我也开动脑筋：如果我是领导，我会怎么做？等领导拿出意见、方案以后，我将其与自己的想法进行对比，思忖领导考虑问题的立场、观点和方法，分析领导为什么这么做而不那么做……后来，领导换了一个，不久又换了一个，我有了更多的体验与比较，也从不同领导的工作风格中汲取了更多的养分。

这般悄悄观察、细细思考、慢慢感悟，以及后来躬身实践，我感觉到自己的思想与领导的思想逐渐接近起来，领导也愿意与我讨论具体问题，并将一些事情交由我去办理。从此，我开始尝试从领导的角度去谋划运筹工作。对于需要领导拍板决策的重要事情，我总是先作一番思考，必要时到有关部门去跑一跑，与有关人员聊一聊，作一些调查研究，然后整理出几套方案，并提出自己的倾向性意见，让领导做选择题而不是做问答题。对于领导需要出席并作讲话的活动，我会在事前了解活动背景、参加对象以及需要解决的问题等情况，站在领导视角思考讲话的要点，然后写好抄到本子上……在反复不断的实践中，作为县委许多政策与事务的参与者、经办人与操作员，我的思想逐渐丰满起来，我

今有所悟

逐渐具备了通过调查研究将不懂的事情搞懂的能力，通过科学分析将模糊的事情厘清的能力，通过综合归纳将多方面意见聚合起来形成相对科学决策方案的能力。

我逐渐体会到生命的开放性。我觉得，我今后应该不会固守在自己的舒适区，旁观岁月静好，我会适时将触角伸向一些可能的地方，去接触新鲜的事物，包容不同的观点，带着充盈的元气与时光交手过招。

……

我似乎从来没有去想"斩奏诀窍"之类的事情，也从不参与领导的家事，做领导的生活秘书。我只是将自己的主要精力投放在岗位工作上，为领导承担更多的参谋助手等辅助性工作，使领导能够集中精力思考和处理较为重大的事情，使自己成为领导在工作上时时需要、处处离不开的帮手，同时也使自己在协助领导做好工作的同时，在能力素养特别是在理性思维、科学决策方面得到实实在在的锻炼提高。

或许，这才是做秘书的真正诀窍。

2008年11月

诠释全神贯注

一个人只有进入全神贯注的状态，才能抵御各种干扰，摆脱网络视频与外界的诱惑，把自己的时间、精力和智慧凝聚到要做的事情上，从而最大限度地发挥积极性、主动性和创造力，把所做的事情做好、做精、做出彩来。

2009年8月，在绍兴市学习型组织和学习之星表彰大会上，我被评为绍兴市学习之星，并接受冯建荣副市长颁发的证书。

县里如此上报我的事迹：

1976年参加工作以来，一直利用业余时间刻苦学习，坚持理论联系实践，撰写多篇有价值的调研文章，先后在全国性和地方各类刊物上发表。2005年写作《反腐镜鉴录》，在中国检察出版社出版发行。2007年被评为绍兴县十佳学习型干部。

无疑，在我的众多学习成果中，《反腐镜鉴录》的写作出版是最突出也是最艰难的。

想起了4年前完成此书写作后的情景：我从电脑里拉出30万字的书稿，请本地的一位学者型领导作序。那位领导在翻阅这本厚厚的书稿后，惊讶地问：这么多资料，你是怎么搜集起来的？另一位老领导在看了这份书稿后，也说了相似的话：你有工作、有家庭，这么厚的一本书，你是怎么静下心来写成的？

两位领导不经意的话语，都涉及一个共同的概念：全神贯注——他们对我全神贯注的程度表示惊讶。

我的学生时代刚好与"文革"同步，中学毕业便参加工作，无骄人天资，无学历文凭，无背景人脉。在这种状态下，我逐渐信奉笨鸟先飞、天道酬勤，无论在基层执勤办案，还是从事文秘综合工作，以及后来走上基层领导岗位，都注重扎实做事。慢慢地，我养成了全神贯注的习性，这使我积累了许多实践成果和精神财富，也为我写文著书聚集了大量原始素材。

20世纪末年，我被任命为基层检察院副检察长，分管反贪工作。在组织查办案件的日日夜夜，我一次次经历心灵的震憾，一次次经受沉重的心痛——至今难以忘记，我曾经熟悉的公职人员，在无情的法律面前，悔恨的泪水、呆滞的目光。

我越来越强烈地感到自己有义务做些什么。

一次偶然的机会，我在一个网站发现"贪官档案"，看到其中一个个类型迥异、千奇百怪的贪官形象。这时，我终于知道该做什么了。从此以后，我开始关注全国各地的媒体报道，有目的地通过各种途径，搜集和积累被曝光、具有典型性的贪官——曾经的辉煌、堕落的轨迹、作案的手段以及个性特征等有关资料，仔细分辨此贪官与其他贪官的独特之处。

我选择60个典型案例，每个贪官概括出一个显著特征，然后结合自己平时的思考感悟与书写的办案札记，围绕这一特征展开点评。

随着写作的深入，我的思想日趋活跃，几乎每天凌晨，人还在睡眠中，而大脑里的一些不安分细胞却已苏醒，我能模模糊糊地感到一些与我有关的或无关的，有逻辑性或是不着边际的思维碎片隐隐飘出……到五点多钟，一些独特的思想观点开始从脑海里涌出。这时候，我便一骨碌翻身起床，伏案抓记这些思想花絮……

3年以后，我终于写成《反腐镜鉴录》，作为"廉政教育读本"由中国检察出版社出版，各地新华书店公开发行。

我以自己的实际行动诠释了全神贯注。

我的《反腐镜鉴录》

全神贯注，是指全部精神集中在一个点上，形容注意力高度集中，这是一个人最重要的能力。人类的一切工作，要想做得好做到位，皆须全神贯注。按照一位著名作家的话，"现代社会就像是一片喧嚣的海，很多人都浮在上面，大家都在拼命地往前刨，根本静不下来，慢不下来，只有极少数的人能做到潜下深海，享受着虽然孤独、沉寂却更为广阔、更为丰饶的空间和营养"。我不可能像这位作家那样"潜到深海"，但至少做到了在喧嚣的现代社会里，自觉抵御外界干扰，潜心思考自己工作、生活与精神领域遇到的实际问题，然后进行梳理、分析、排解，再将其中深深触动自己的部分用文字记录下来。

我逐渐体会到，人是一个能量体：注意力在哪里能量就在哪里，能量在哪里成果就在哪里；一个人只有把心静下来，才能抵御各种干扰，摆脱网络视频与外界的诱惑，把自己的时间、精力和智慧凝聚到要做的事情上，从而最大限度地发挥积极性、主动性和创造力，把所做的事情做好、做精、做出彩来。

不由得想起日本著名作家村上春树。他在接受《纽约时报》采访时说过这样一段话：全神贯注是我生命中最快乐的事情之一，如果不能全神贯注，我就不会那么快乐。我的反应不是很快，但一旦我对什么产生兴趣，我便能多年做这件事，从不厌烦。我就像一个大水壶，要很长时间才能沸腾，但之后我能一直保持温度。

村上春树以"大水壶"比喻"全神贯注"很是贴切——我也像这样一只"大水壶"。我是一个目标不多的人，确定一个重要目标并决定去做，需要很长的准备过程，就像村上春树先生说的"要很长时间才能沸腾"；而一旦思考成熟决定去做时，特别是在壶水"沸腾"之后，我"能一直保持温度"，伴随着快乐的情绪，直到将要做的事情做好。

或许，这便是我能够做到"全神贯注"的缘由。

2009年9月

第三辑　知行

学会为他人喝彩

懂得为别人喝彩的人，一定明白"见贤思齐"的道理。这样，他从每一次为他人的喝彩中都能得到激励，明白一个道理，吸收一份营养……这些点滴逐渐会凝聚成一种人生的正能量，使自己的心灵更加深邃、丰富，也更加透彻、通悟。

周末，我去小区旁边的乒乓球馆打球。打了几场之后，大汗淋漓，便坐在台下观球。

乒乓球在台上来回飞舞转动，有高点、有低点，有快攻、有悠闲，有低迷、有激起，有不停的转换和变化……我静静地观球，发觉场上有两种人特别有意思：一种是对方打过一个好球，自己没有接到，立马摇头叹息，甚至捶胸顿足；另一种是对方打过一个好球，自己在接不到的刹那间，大喝一声——好球！

我欣赏后一种为他人喝彩的人。

我从小喜欢打乒乓球。小时候在山里读书时，常对着墙壁打，架起门板打。参加工作后发现单位活动室有球桌，我格外高兴，得空便打。随着打球经验的积累，我逐渐懂得一些乒乓球的常识：乒乓球是旋转最快的球类，据说最高达到176转/秒，比飞机的引擎还快，这是以最大的力量、最快的回合击打最小圆球的矛盾运动；乒乓球运动充满快感：成功的快感、拼搏的快感、出汗和倾泻的快感；乒乓球充满偶然的魔力：擦边的突如其来，弹网的望球兴叹，手顺的水银泻地，点背的寸步难行；乒乓球是一种以手为主的肢体演绎出来的智慧体操，相比于足球、篮球，乒乓球虽然较少身体接触，却时刻进行着刀光剑影般的心理接触；打乒乓球可以保护眼睛，提高敏捷度，具有健身功效……

多年以来，我将打球作为一种自觉行动，偶尔也参加一些比赛活动，最出彩的是2006年，在绍兴县机关领导干部乒乓球比赛中，我意外爆冷夺得亚军，这使我更加喜爱乒乓球运动。

慢慢地，我也学会了为他人喝彩——不仅表现在球场上，也表现在职场中。

在我看来，为他人喝彩，是建立在对他人充分肯定基础之上的。通常来说，每个人都有优点，也有缺点，一无是处的人是极少的，关键是你用欣赏的眼光还是挑剔的眼光。以欣赏的眼光看人，总能发现他人的优点。如能适时给以喝彩，久而久之，也就有了充实、提升自己的动

我在乒乓球比赛中

力，促使自己不断地向着美好目标前行。同时，懂得为他人喝彩的人，一定明白"见贤思齐"的道理。这样，他从每一次为他人的喝彩中都能得到激励，明白一个道理，吸收一份营养……这些点滴逐渐会凝聚成一种人生的正能量，使自己的心灵更加深邃、丰富，也更加透彻、通悟。

主持单位工作之后，我发现周围的同事差异很大，个性特征也迥然不同。这使我意识到，要领导好一个单位，需要学会与性格不同、甚至自己不喜欢的人相处，这就需要尽量以欣赏的眼光看待对方。欣赏，其实就是少一点挑剔、多一点信任，少一点冷漠、多一点热情，少一点嫉妒、多一点支持。而欣赏的最高境界，便是在对方真正出彩之时，及时给以喝彩。

我时常当面喝彩。在听取下属工作汇报或与下属一起从事某项具体工作时，如果认为下属某个方面做得特别好，我会当场表扬，并点评其正面效应或所作出的努力。

我也时常在工作会议上给以喝彩。在谈及某项工作出色完美或受到领导肯定、上级表彰时，我会进行分析点评，然后找出这些成绩与亮点背后付出辛勤努力的人，给以喝彩。

我知道，喝彩的目的并不是喝彩本身，而在于激励人扬长避短，鞭策人自我完善，以形成良性循环，使整个单位形成一个想干事、会干事、干成事、争先恐后的小环境；作为单位领导，应当发现和挖掘不同人的闪光点，看人之长，用人之长，合理任用出彩的干部或推荐组织部门提拔使用。比如，这位善于牵头协调，这位擅长处理行政事务，那位具有经营管理能力……我适时将不同特长的人安排到适宜的岗位上，给其创造有利的发展成长环境；对其中特别优秀者，极力向党委领导和组织部门推荐。这些干部受到重视和重用以后，精神振作，工作努力，内在潜力得到充分发挥，在个人出彩的同时也给单位工作添了彩。

在为他人不断喝彩中，我逐渐感悟到：当一个人不断为别人叫好，并且不将其作为谋略，而作为一种自觉行动时，那就进入了一个良性循环的通道。我发现，单位的气氛越来越和谐，同事们身上的缺点越来越少，特长与亮点则越来越突出，其中许多人的亮点已逐步演化成团队的整体亮点与单位的突出品牌。单位的许多专项工作，如政法委规范化建设、基层维稳、平安创建、国家安全等，屡屡受到中央和省市的肯定与表彰。同时，我与大家的关系也越来越亲密、融洽。在我眼里，我周围的人多是天使，我身心愉悦，犹如生活在天堂。

这样想着，脑子时忽然蹦出一句颇有哲理的话来：如果你把周围人看成魔鬼，那你就生活在地狱；如果你把周围人看成天使，那你就生活在天堂。

2013年10月

求稳与求变

生命的意义在于开拓而不是固守。我想走出原来的环境，在职业生涯的最后几年里，改变一下工作的常态、思维的常态，作一些从前未曾经历的探索，给自己一种新的挑战，新的体验。

求稳还是求变？我的内心同时发出两种声音，两者争执不下，这让我十分纠结。

半年前看到一份县委任免领导干部的名单，有两种人引起我的注意：一种是长期在一个岗位工作换岗的，还有一种是因年龄关系退职的。

我想到了自己：刚过53周岁，在政法委主持工作岗位上已有9年时间。根据组织部门干部任职年限要求，一年后我将离开现职岗位，但离退职还有几年时间。

我的最后职业生涯会是怎样的呢？我想不外乎两种可能：一种是到限后根据组织安排到其他岗位任职。根据我两届县委委员和单位工作搞得不错的状况，应该不会安排得太差。另一种是在本单位退一步。由于我在政法委身兼多职，除了主职副书记以外，还兼着综治办、维稳办和６１０办三个正式在编机构的正职，到限后我不主持工作，在本单位退居二线，从此工作进入舒适期，这也是一个不错的结果。

214

就这样完成职业生涯的最后时光吗？

想起了女儿10岁时溜旱冰的一个片断。

那年女儿迷上溜旱冰，周末我带她来到溜冰场。或许是因为有老爸在场，女儿溜得特别认真，一口气溜了十来圈，还像那么回事，对于初学者来说，算是相当凑和。休息间隙，女儿问我溜得如何，我说溜得不错，比较流畅，但也有缺点，就是动作千篇一律，没什么变化，显得单调乏味。

望着女儿期待的目光，我沉思片刻，对女儿说：这溜冰的过程可以归纳为三个阶段，也就是三个"求"：第一阶段刚开始学，要"求"稳，以溜起来、不摔跤为原则；第二阶段是在已有一定基础、能溜起来以后，要"求"快，快了才爽畅；第三阶段要在"快"的基础上"求"变，多变换姿式，并力求好看，不但自己享受快乐，也给观众以舒心和美感。

说到这里，我停顿了一下，继续说：你在"稳"的方面已不成问题，也不算慢，但变化不多。因此，你的目标不能仅仅停留在"稳"和"快"上，还要追求"变"，这样你才会不断进步，也才能真正享受到运动带给自己的刺激与快感。

女儿按照我的建议，刻意求"变"，果然大有长进。

回到现实，我觉得自己目前的处境与女儿当年溜旱冰面临求变的阶段颇为相似：在经历了３８年政法与党委部门工作的稳定期与发展期之后，当下的我是否也应当求"变"呢？

记起一篇忘却了题目的文章：一群金鱼被养在圆形玻璃鱼缸里。文中提出一个问题：金鱼看到的世界和我们所处的世界，哪个更真实？在金鱼的世界里，由于光在进入水时发生了折射，在我们看来做直线运动的一个不受外力影响的物体，在金鱼的眼中就是沿着曲线运动的。而如果金鱼足够聪明，金鱼也可以在它们自己的世界里总结出一套物理学规律。虽然这样的规律对于金鱼缸外的我们来说根本就是胡扯。但是，我怎么知道自己不是在一个更大的自己没有觉察到的"金鱼缸"里呢？我想，我需要跳出这个"鱼缸"，离开自己工作三十多年的政法党委部门，换一条没有走过而且比较远的陌生路走，换一个人生方向，也许，我会由此寻到另一番美丽风景，拥有另一种收获呢！

我想到周围一些人，他们安稳一辈子，也安全一辈子，人生中没有波澜壮阔，没有汹涌暗流，平平淡淡过日子。有人说这就是福，我不否认。一个人如果能够波澜不惊地走过一生，有一份安稳的工作，一个和谐的家庭，一位贤惠的妻子，听话的孩子，健康的身体，这是大多数人梦寐以求的生活。很多人都是按照这样的步骤，一步步走完自己的人生，虽不甚精彩，却也温润如水，慢慢的可以品出些滋味来。但于我而言，如此走完自己的职业生涯，总感到有些遗憾。此时的我，似乎有一种不安份的东西在血液里涌动，在悄悄提醒我：生命的意义在于开拓而不是固守，无论什么时候，都不应失去前行的勇气，而需要在前行中不断更新自己的生活和经历。

原来，我在寻求一种人生的蜕变。

人，通常是有局限性的，比如知识的局限性，阅历的局限性，职业的局限性，信仰的局限性，家庭的局限性，智商的局限性。这些局限性，往往会让一个人穷其一生也难以突破。比如一个公务员，从一个普通干部，到副股长、股长、副科长、科长、副处长、处长……一直升迁下去。那么，这个顺利、美好的仕途，可能就成为他内在潜力发挥的最大局限性，他可能因此难以有所发现，有所创造。如果有一个什么大的变故，让这个人突然之间升迁之路断裂，一下子由天上掉到地下，他就会在无限的痛苦中反思。这时候，表面上看是一个人的不幸，但实质可能是一个人的幸运。因为从此以后他会进行深入的反思，最终打破自身局限性，进而跨上一个从未有过的智慧台阶。在这个时候，一个大写的人往往就站立起来了！

有人说，鸡蛋，从外打破是食物，从内打破是生命。其实人生也是如此，从外打破是压力，从内打破是成长。我们为什么一定要被社会裹挟着、不由自主地前进，而不能让自己从内打破，突破自己所在的层面，主动地打破自己的局限与设限，然后升维向上，有所发现、有所创造呢？我想，我应当走出原来的环境，在职业生涯的最后几年里，改变一下工作的常态、思维的常态，作一些从前未曾经历的探索，给自己一种新的挑战，新的体验。

经过调研分析，我把供销社作为首选：这是一个不热门的经济管理部门，但基础较好，有条件做一些想做能做又有意义的事情。

我向领导汇报自己的想法之后，领导很快同意。2013年11月初，区委决定调我任柯桥区供销社主任。

刚刚看到党报的一篇社论：牢牢把握稳中求进、进中求变总基调。哈，我求"变"的思路竟然与党报观点对接上了！

"稳中求进，进中求变"，这不仅是当前经济工作的总基调，也可以成为人生职业规划的总基调。

2013年12月

观花景 取花经 悟花道

柯桥区漓渚镇上月被批准为全国首批 15 个国家田园综合体试点项目——花香漓渚田园综合体。为了做好这个项目强化村级组织作用、促进农民增收、壮大农村集体经济，上周我随分管副区长带队的考察团专程赴温州、广州学习考察，回来后写下此文。

8月14日，分管副区长带领由旅游局、供销社、旅发公司等单位领导和漓渚镇村干部组成的考察团，专程赴温州、广州学习考察。我们于中午到温州，下午考察温州花城项目，当晚抵达素有"花城"美誉的广州，第二天考察广州顺德区陈村花卉世界，第三天一早返回。这次考察时间虽短，但收获颇丰，感触良多。

花城观花景

温州花城座落于温州主城区南向五千米的著名侨乡——丽岙。这里是拥有三百多年历史的浙南花木之乡，花卉产业基础良好，周边聚集了占地5000亩的53家花木企业 1000 多户花农。目前，温州花城设计规划已经完成，正在施工建设。温州花城主体交易市场功能：一楼为主体性

考察温州花城

考察顺德陈村花卉世界

的花木超市，二楼为线上交易平台，三楼为花卉生态主体餐饮区，四楼为宴会厅和景观茶室。据介绍，温州花城建成后，将形成以花卉、蔬菜等主导产业为基础，结合大树移栽培育、亚热带植物引种、花卉博览等特色项目，推动区域花卉产业转型升级，由传统的低、小、散花卉销售模式向产业化、标准化、规模化方向发展。透过这个规划蓝图，我仿佛看到了一个几年后崛起的美丽花城。

陈村花卉世界坐落于素有"千年花乡"美誉的广州顺德区陈村镇，现已建成若干个主题花卉公园，每个花卉公园都是一个亮丽的景点，有一座座造型特别的精致庭园，既有中式的小桥流水，又有西式的园林景观，蓝天、碧水、风车、青草和美丽的鲜花构成了一幅幅绚丽多彩的优美画卷。在这里，万花争艳，各放异彩，是世界名花异卉的集散地和花卉文化交流中心，是名符其实的"花卉世界"。

花城取花经

温州花城与广州陈村花卉世界到底有什么独特的经验？实地考察以后，我感到至少有三点值得我们学习借鉴——

高品质规划。 温州花城的规划目标是打造以花木为主、集休闲旅游于一体的综合性市场。市场全功能设计，涵盖鲜花、盆栽花、绿化苗木、园林机械、种子化肥、玉石奇石、宠物超市、亲子娱乐、特色餐饮、电商物流、创客基地。该项目由瓯海区农合联牵头投资，总用地面积1000亩，总投资5亿元。其花城结构：40亩核心区，300亩双创基地，300亩场外交易，300亩生产基地，30亩精品盆景园。规划到2020年，建成12000多亩花卉区和7000多亩蔬菜区，一二三产业年产值实现50亿以上。

陈村花卉世界整个布局和设施都以花卉为主题，以现代农业、观光、旅游为中心构想，开发面积6000多亩，包括占地3万平方米的室内外会展中心；占地700多亩的全球最大兰花种苗供应中心；占地3万平方米、500余间商家进驻的华南地区最大艺术品市场；占地150亩、汇聚全国盆景艺术各大流派精品的中国盆景大观园。他们成功举办了"广东省首届花卉展销会暨陈村第十五届迎春花市""陈村第十六届迎春花市暨花卉世界兰花博览会、岭南奇石博览会"，这两次盛会分别吸引了100多万游客前来赏花、购花，花卉交易额均超3亿元。

多元化投入。 温州瓯海区由农合联主要成员单位共同出资1000万元，于2016年组建瓯海农合实业发展有限公司，其中瓯海农商银行占股54%、瓯海区供销社占股45%、瓯海区农民专业合作社联合会占股1%；瓯海区农合联采用众筹方式组织花卉专业合作社、生产大户、园林企业和社会资本，合作投资组建温州花城园艺股份有限公司，其中瓯海农合实业发展有限公司占比51%，温州市侨乡花卉专业合作社等53家专业合作社占比39%，永嘉县原野园林工程有限公司占比10%。

顺德市陈村花卉世界有限公司于1998年8月成立，注册资本500万元。陈村镇为发展花卉主导产业，将区域三个村的土地集中起来建立花卉市场，组建顺德陈村花卉世界有限公司。他们做好"五通一平十配套"设施建设，为客商提供全方位优质服务，吸引了境内外600多家花商及相关企业进驻，投资者分别来自美国、加拿大、日本、我国港澳台等10多个国家和地区及内地14个省、市、自治区，引入资金达30多亿元。经过近20年的发展，陈村花卉世界已成为国内最成功的花卉产业园之一，年交易额达40亿元。

市场化运营。 温州花城由瓯海区农合联联合共聚、资产经营公司众筹投资、农商银行金融支持、供销社统筹引领、专业人员经营管理。在实际运作中，他们以花城项目为平台，聚合全产业链服务主体，为花卉合作社及花农提供生产、供销、信用"三位一体"服务；打造花卉专业化交易平台和休闲旅游为一体的综合性市场，使之成为浙南闽北最大花木集散中心，带动花卉产业发展。

顺德市陈村花卉世界有限公司组建以后，聘请专业人员实行市场化运作：组建顺德陈村花卉世界物业管理有限公司，经营范围包括物业管理、物业出租等；组建广东省农业（花卉）科技创新中心，建立产学研相结合的研发体系，有教授5人，博士3人，硕士3人，大专以上学历人员200多人，具备了较强的科研能力，技术辐射和示范推广能力较强；成立国家职业技能鉴定所，开展园艺职业技能培训与鉴定，不断提高花农的职业技术水平。陈村镇还成立花卉协会，推动企业主动"触电"开拓新渠道，整合旗下成员企业的资源，解决花卉配送难题，共同打造一个具有区域特色的花卉农业电商平台。

花城悟花道

考察中，大家一直将话题集中在花城花市上，由温州花城的规划建设之道，谈到广州花城陈村花卉世界的经营发展之道，最后把落脚点放到如何将我们"花香漓渚田园综合体"规划建设成全国著名的江南花城。我将大家谈的与自己想的归纳为三点：

坚持姓农为农的政策导向。"花香漓渚田园综合体"应以农民专业合作社等涉农主体为载体，突出姓农为农的政策导向，主要是"四个三"：实现农村生产、生活、生态"三生同步"，农业、工业、服务业"三产融合"，历史文化、地域文化、产业文化"三文汇聚"。通过"三生同步""三产融合"与"三文汇聚"，最终实现农业增效、农村增色、农民增收的"三增目标"，引爆柯桥花卉经济产业链。

建立科学务实的运营模式。漓渚镇现有4万余亩花木基地，250多家花卉企业，2900多个花木品种。"花香漓渚田园综合体"核心区包括6个行政村，其中9成以上的农民从事这项"美丽"事业——这是建设"花香漓渚田园综合体"的重要基础。我们应在这一基础上，按照"政府引导、市场主体、农民受益"的总体要求，组建"花香漓渚田园综合体有限公司"，而后根据发展进程逐步成立花卉市场经营公司、物业管理公司、科技创新公司、电子商务公司、旅游发展公司等若干分公司，由漓渚镇会同相关职能部门牵头组建专业团队进行市场化运作，探索产业支撑、多元投入、主体培育、土地利用、公共服务等机制。

明确职能部门的职责任务。"花香漓渚田园综合体"作为柯桥区政府落在漓渚镇的一个国家级重点试点项目，漓渚镇政府承担主体责任，但因此项工作涉及方案设计、旅游规划、土地征用审批、交通线路设置、政策扶持以及涉农主体的组织参与等多方面问题，需要有关区级部门共同参与。特别是作为投资主体与专项工作组织牵头的供销社、旅游局、旅发委，更应相互协作配合，共同引爆我区花卉经济产业链，打造一个集生产、供销、信用"三位一体"的综合服务平台。如区供销

今有所悟

222

社，可以运用农合联平台，以合作社与村集体经济组织为主体，发展新型合作经济，组织漓渚镇及周边区域的专业合作社、农业企业、家庭农场等涉农主体参与到"花香漓渚田园综合体"之中，并联系衔接金融单位开展信用合作，助推"花香漓渚田园综合体"健康发展，聚力实现"农业增效、农村增色、农民增收"的目标。

2017年8月

角色转换的随想

　　我的前半生，经历了自己生命中注定要经历的东西。而如今，我想用职业生涯的最后几年，尝试和体验自己生命中原本不会出现的东西，并给我所处的社会带来一些积极的、有用的东西。

　　我从浙江政务服务网上查到我的高级经济师职务任职资格证书，认真阅读上面的每一个字，然后翻动两本厚厚的"高级经济师职称申报材料"与结合实际工作书写的三篇经济论文。这时，我的心底响起一个声音：金强，你的角色转换完成了！

　　我将视线从资格证书与申报材料上挪开，却依然感觉到有什么东西留存在我的脑际，挥之不去；搜寻之后，我发现，这挥之不去的是"角色"二字。

　　我想到与"角色"有关的林林总总。

　　人处在不同的社会层面，从事不同的社会职业，总要扮演各种各样的角色：我们是父母的子女，是另一半的丈夫或妻子，是孩子的父母，是职场中的下属、同事或领导……在人的一生中，我们需要在不同的角色之间转换，适应不同角色带来的不同感受，承担不同角色带来的不同责任。尤其是从一种角色切换到另一种角色以后，我们需要摆脱原先角色的行为模式，然后调整状态进入新角色所需要的行为模式。

我将思绪停留在原本不会在我的生命中出现的高级经济师"角色"上面。

三年前，我所在的供销社因综合改革实施企业化运营，领导班子成员面临一次重要选择：是放弃公务员身份在供销社留任，还是保留公务员身份去其他部门任职？我的其他几位班子成员全都选择保留公务员身份，调出供销社。此时的我，已过57周岁，离退休不到3年时间。于我而言，如果只从个人待遇上考虑，调出供销社，组织会安排相应职级的工作，保留现有薪酬待遇，工作会轻松许多；而转换身份留在供销社，不再享受公务员待遇，已经取得的副处职级和警衔工资也将自动取消，而且唯有评上高级经济师，退休工资才与公务员收入相当。就是说，我退休后能否保持与原职级相当的收入，尚处于不确定状态；只有日后在从事的经济工作中取得实绩，并写作3篇经济论文，经考评合格，才能取得高级经济师任职资格。这种不确定状态，意味着我要走一条艰辛并且有风险的路。

但是，我还是决定放弃公务员身份，向区委组织部作出书面承诺，由公务员转为供销社的自收自支事业身份。

角色转换的过程，其实是一个求索的过程。自从成为同级供销社全资公司的掌门人、履行领导企业的职责以后，我开始了多方面求索：向内求，走出原有政法工作思维模式，学着从经济视角思考处理问题；向上求，了解国家政策方略与时代发展潮流，试着从宏观上谋划运筹实施经济项目；向外求，在搭建共享平台的同时，寻找合作伙伴，吸引经济实体加入。

现在想来，我的新角色选择应该与物质无关，与生存无关，而与精神层面的东西似乎有着很大关系。我期望通过进入新角色，获得更多经济工作与企业管理方面的宝贵知识；我期望在经济工作中感受因发现问题、分析问题、解决问题而获得的愉悦感；我期望在实践探索中体验确定目标、追求目标、实现目标而带来的充实感。我觉得，这类精神层面的东西，是一种活生生、会呼吸、有温度、与我的思想长合在一起并夹杂着使命感和责任感的情怀。

是的，正是这样一种情怀，常常搅动我的内心，激发我去挖掘自身潜在的价值。

我的价值在哪里呢？我曾经做警察指挥交通、做秘书服务领导、管反贪查办案件，抓稳定维护平安，这些都不能说没有价值，但很难量化。自从到供销社工作，特别是创办实体企业以后，我感到自己有了别样的价值。我的前半生，经历了自己生命中注定要经历的东西。而如今，我想用人生职业生涯的最后几年，尝试和体验自己生命中原本不会出现的东西，并给我所处的社会带来一些积极的、有用的东西……

人在很多时候决定做一件事的时候，往往并不知道它通往怎样的结局，他只是突然冒出一个念头，仿佛受到了什么感召，想到它就觉得意义非凡，甚至充满了使命感，就像有人在心头点了一把火。

此时的我，正是处于这样的状态。

如果说人生是一次不断选择的旅行，那么，我希望在千帆阅尽后，最终留下一片真正属于自己的、独一无二的风景。

2018 年 12 月

今有所悟

走进春天的故事

恍惚间，我看到了标有"兴业工程"的千亩花市、标有"富农工程"的千亩兰苑和标有"美村工程"的千亩花海已经建成，飘着阵阵幽香，向我讲述漓渚花卉的春天故事。

4月11日，我应邀到漓渚镇参加2019年浙江省蕙兰博览会，见证了多个招商项目的签约与价值300万的"花王"诞生。其实，对于项目的签约与"花王"诞生，我并不怎么在意。我所在意的，是由我提议而增设的一个内容亮相。

签约之后，区政协副主席为区花卉产业农合联授牌，棠棣村和棠一村两位党总支书记上台接牌——由我推动的花卉产业农合联终于诞生了！

想起刚才主持人说过的"春天的故事将在这里延续"。我仔细品味着这句话：主持人所说的"春天"，是指漓渚花卉被列为国家级田园综合体试点单位之后，如沐春风，迎来新的发展机遇；而主持人所说的"故事"，应该是指漓渚花卉产业发展中将要发生的各种美好事情。那么，"延续"呢？我想，"延续"的角度很多，渠道很多，主体也很多，供销社作为其中的一个独特主体，应该也可以在漓渚花卉产业的"延续"中充当无可替代的重要角色。

漓渚的"千亩花市"

开幕式结束以后，我来到旁边的花市，眼里瞧着各色花卉，心里想着供销社如何走进这"春天的故事"里，并且成为故事里的主角。

漓渚是著名花卉镇，全镇95%以上的土地种植花卉苗木，95%以上的收入来源于花卉苗木，95%以上的劳动力从事花木生产经营。两年前，漓渚镇被列为全国首批15个田园综合体试点单位，并配置可观的财政资金，这对于强化村级组织作用、促进农民增收、壮大农村集体经济，具有十分重要的意义。我从区领导那里得知消息后，主动要求供销社参与其中。经集体研究决定，供销社投入一千多万资金，以第二大股东身份入股漓渚田园综合体发展公司……

"花香漓渚"田园综合体项目启动以后，提出千亩花市兴业、千亩兰苑富农、千亩花海美村"三个千亩"工程，其中"千亩花市"是核心，旨在打造全国一流的花木交易市场，让过去低档、散乱的老花市蝶变为集展示展销、观光博览、电子商务、科普教育、文化体验于一体的宜业宜游综合性花市，吸引越来越多在外地经商的漓渚花木人回乡投资发展。

我从中嗅到了漓渚花卉的春天气息。

就花香漓渚田园综合体而言，区供销社不仅是投资主体，同时也应该是引领和组织涉农主体参与并发挥重要作用的责任主体。而承担这一责任主体者，便是刚刚成立的花卉产业农合联——以此为主导，吸纳相关涉农主体参加，叠加和整合更多的专业服务资源，为相关主体提供高质量、高效率的专业性服务：

可以依托现有网络平台，拓展花卉网络销售业务：鼓励花卉企业、专业合作社及花农、花店利用个性化网页、微博、微信等渠道，开展网上直销促销活动；引导花卉龙头企业、品牌流通企业开设第三方电商平台旗舰店，培育花卉产品网络销售品牌；鼓励花农花商利用互联网技术开拓网上市场，实施网上交易；发展产销对接等电子商务业务，加快网络花店和APP建设，推动花卉生产流通企业自建或依托知名电商平台建设区域性电商专区；支持花卉市场建设网上现货交易平台，形成线上交易与线下交易相结合，构建多层次、多模式的花卉网上销售渠道。

可以依托现有物流平台，提供形式多样的配送服务。一方面，通过政府支持和政策引导，培育和扶植花卉产品的专业物流企业，搭建"线上""线下"与快递物流相结合的城乡物流配送平台，建立标准化电商仓储区，实现平台选购——线上下单——中转分拣——打包出货一站完成，使货主、三方物流、配货分拣、采购商无缝对接；另一方面，依据各种花卉产品的物流特点，通过花卉产业农合联组织制定统一的花卉物流运作标准程序，规范第三方物流企业和传统物流企业的服务管理行为，尽可能减少中间环节，节省时间，减少搬运装卸频率，从而降低损耗，节约成本，保障花卉生产者、经销商与物流企业的利益。

还可以建立以花卉产业农合联会员为服务对象的金融服务平台。由

花卉产业农合联与农信机构合作，对花卉产业农合联会员企业的信用等级进行评定，根据评出的信用等级，确定授信期限与授信额度，提供信贷服务和担保服务。此外，花卉产业农合联还可以通过农民合作基金，建立信贷风险补偿机制和损失弥补机制，建立农合联、农信机构与担保公司共同承担的风险分担机制，降低经营风险，确保不发生区域性系统性风险，真正用"金融活水"浇灌花卉绿地，助推漓渚花卉产业健康持续发展。

抬头望见"中国花木之乡"几个大字，我驻足凝望、沉思。恍惚间，我看到了标有"兴业工程"的千亩花市、标有"富农工程"的千亩兰苑和标有"美村工程"的千亩花海已经建成，飘着阵阵幽香，向我讲述漓渚花卉的春天故事。我懂了，这春天故事的主题是：生产、生活、生态"三生同步"，农业、工业、服务业"三产融合"，历史文化、地域文化、产业文化"三文汇聚"，最终实现农业增效、农村增色、农民增收的"三增目标"。

我仿佛看到，在花卉产业农合联参与下，漓渚花卉引爆区域花卉经济的产业链。

2019年4月

我与华通的缘分

华通带给我许多东西：让我打破原有机关思维模式，尝试用企业思维模式思考处理问题；让我有了主动学习经济知识的动力，取得高级经济师任职资格；让我放弃公务员身份，以董事长身份投身经济管理，在商海里学习游泳……

我与华通有缘。

五年前，组织上安排我到柯桥区供销社任职。不久我发现，供销社与华通集团的关系十分密切：两家人在同一楼层办公，在同一餐厅吃饭，在同一党支部和工会活动……

这种密切关系源于十年前的供销社改制：供销社将社有经济实体和相关资产划给华通集团，作为第一大股东拥有集团30%的股份；华通集团苦心经营，效益显著，每年利税4亿左右，给供销社丰厚的红利回报。对两家的关系，我曾作过如下概括：华通集团是在供销社的基础上发展起来的，没有供销社的基础便没有集团的今天；供销社的收入来源于华通集团，没有集团的努力经营就没有供销社雄厚的经济基础。

然而，我与华通的缘分，更多的体现在华通发展的两个重大事件上——华通的股票与股份。华通的股票是指深市主板代号为002758的

我与华通集团董事长凌渭土（中）和华通医药
董事长钱木水（右）

我与浙农集团董事长汪路平（右）洽谈收购事务

华通医药，我是公司上市的见证人，也是法律意义上的公司实际控制人，公司的许多重要文件有我的签名；华通股份是指华通医药的控股公司华通集团的股份，我是集团最大股东的法人代表，也是57%自然人股权转让的签约人。

五年前我到供销社任职时，正值华通医药申请上市。这是全省供销系统的第一家上市公司，作为第一大股东的当家人，我自然是全力支持。2015年5月27日，我随柯桥区党政主要领导和企业负责人到深圳，参加华通医药的上市仪式。

华通医药上市四年后，也就是在我即将退职的时候，我的上级浙江省供销社相中这一公司。经省政府出面协调，区政府同意由省供销社旗下的最大企业浙农集团收购华通集团57%的自然人股权。浙农集团完成上述股权收购后，成为华通集团的控股股东，并间接控制上市公司华通医药，从而实现借壳上市。

在我调任供销社之初，正逢华通医药申请上市；而在我即将退职之际，又遇华通医药的控股公司华通集团自然人股权转让，公司实际控制人由我变更为省供销社主任；而在这两大事件中，我充当了与政企各方衔接沟通中不可或缺的角色。

华通医药上市，让我充分领略了股票的神奇。因为是自己单位下属企业的股票，我特别关注这只股票的走势。此股上市首日暴涨44.01%，尔后连日延续开盘就涨停的强劲势头。我吩咐财务：涨停板打开相对平稳后给我算个账：华通集团资产增资多少？供销社增资多少？主要股东资产情况怎样？

"华通医药"在连续14个涨停板后，股价从发行价18.04元/股飙升到98.65元/股，最高冲到123元，6月29日回落到70.47元。

这天收盘之后，财务科长将一份资料送到我面前。我发现，公司股东们的所有者权益大幅度增长。

如果说华通医药上市带给我的是震撼的话，那么，作为华通医药控股公司的华通集团自然人股权转让，则让我看到了一个各方共赢的结果：华通集团，从此融入省供销社经营管理体系，有助于促进华通集团的发展和人才队伍建设；华通医药，从此由单一的医药业务迈向涵盖医药、农资、汽车的城乡一体化商贸流通与综合服务平台，为公司的持续发展提供强劲的动力；浙农集团，通过直接控股华通集团进而间接控股华通医药，从而实现借壳上市，依托上市公司平台发展自己；柯桥区及供销社，在浙农集团受让华通集团股权后，华通集团、华通医药的工商、税务等注册关系不变，其GDP、税收、就业仍然留在柯桥当地；华通股份自然人，股权转让之后，资产大增。

华通集团与华通医药在我的任上完成历史性转折，并双双由县级公司升格为省级公司，这是全国供销史上的重大事件。我有幸见证整个事件，并在那段历史里留下自己的独特印记。与此同时，华通也带给我许多东西，并且影响了我最后职业生涯的走向：让我打破原有机关思维模式，尝试用企业思维模式思考处理问题；让我有了主动学习经济知识的动力，取得高级经济师任职资格；让我放弃公务员身份，以董事长和总经理身份投身经济管理，在商海里学习游泳……

或许，这才是我与华通的真正缘份！

2019 年 4 月

今
有
所
悟

只做一件事

　　"草鞋没样，边打边像"，是指打草鞋时没有供参照的样品，通常是边打边试，或边打边用手比量大小，不断修正调整，最后才逐渐成形。只要心中有目标，不断探索前行，终究会把事情做成。

　　"投票结果已出，进了!"

　　老领导是从区人代会现场发来微信，告诉我经过人大代表票决，我们的"山区电商物流服务村村通工程"进了区人民政府十件民生实事项目。随后，我看到官媒发布的消息：在柯桥区一届人大四次会议第三次全体会议上，区人大代表投票确定了2020年柯桥区人民政府十件民生实事项目。

　　"山区电商物流服务村村通工程"的内容，是在本区8个山区镇街，按照"一村一点""一镇一站"原则，加快村级电商物流网点和镇级物流中转站建设，实现山区物流服务网络全覆盖。同时，提升区级农村电商物流集散中心，形成完整的区域物流网络，方便山区农民生产生活。

　　此项目最后注明："投资约3000万元"。

　　我和同事们潜心投入的城乡商贸服务体系，在经历多年的艰辛与付出后，终于有了新的转机。我回复老领导："迷惘之中的一束光亮，柯桥的农村电商有希望了！”

用“迷惘”与“希望”两个字眼，是我当时的真实心态：起初，充满“希望”；中途，遭遇挫折陷入“迷惘”；如今，得到政府有力支持，重燃希望。

想起了美国联邦快递公司创始人史密斯。

为什么会想起他呢？是因为他是国际快递行业最具影响力的人物吗？有这方面的因素，但不全是。史密斯给我最深的印象与最大的启示，是他“一次只定一个目标”人生宗旨。

史密斯为了挑战自己，在16岁那年报名参加海军陆战队后备役军官训练班，其中有一项“杀人比赛”。“杀人比赛”的规则很特别，没有组队，任何人都是队友，也都是敌人。在规定时间内，互相躲避和追逐，以“杀人”的数量多少作为成绩优劣的衡量。比赛开始后，史密斯发现躲在大树后的艾伦离他很近，于是便锁定艾伦，发起了攻击，并一路紧追；尽管追逐过程中出现几个似乎更加有利的目标，但史密斯不为所动，始终紧追艾伦不放。在接下来的比赛中，史密斯也是一次只追逐一名学员，最终取得优异成绩。史密斯后来进军商界后，依然遵循“一次只定一个目标”的原则，创立了全球最大的快递企业——美国联邦快递公司。他告诫后人：“一次只定一个目标，并追逐到底，然后再接着下一个目标。如此，才能成就你的人生。”

“一次只定一个目标”，也是我的人生宗旨。

有人说，世界上大致有三种人：聪明人、笨人和既不聪明又不笨的人。聪明人和笨人都会生活得很幸福，最怕那种既不聪明又不笨、不上不下的人。不聪明也不笨的人，最好就干一件事，千万不要再干第二件事。

我就是属于这种既不聪明又不笨的人。因此，我做事往往锁定一个目标，然后积累，干好，干精。我觉得如此脚踏实地，追求才来得真切，才有可能获得成功！我要求自己：在特定的时期内，只做一件事。

中学毕业参加工作后，我发现自己知识匮乏，于是将提升知识水平作为自己的首要目标，用17年时间取得两个大专、一个本科学历。

取得本科学历时我已43岁，再干什么呢？我结合当时分管反贪工作的实际，将目标锁定在"写一本书"上，用三年时间写成《反腐镜鉴录》。

主持政法委工作以后，我把目标放在源头维稳上，探索总结出"平安指数"全国维稳样本，在全省推行，浙江省平安办每月发布各市县（市、区）平安指数。

到供销社以后，我将目标锁定在构建城乡商贸服务体系上，在相继建立电商与贸易平台之后，开始探索以区域快递联派联收为特色的物流配送"机场模式"。这是一个打破原有格局的复杂工程，触动快递物流行业的利益蛋糕。我们摸着石头过河，边实践边改进边提升，期间遇到许多艰难险阻……

2019年10月，全国供销总社在绍兴召开现场会，全国各地的众多领导和嘉宾前来参观考察我们的物流配送中心；随后分管副省长在省政府办公厅的专报材料上批示，肯定我们的做法，并要求省邮政管理局阅研借鉴；省邮政管理局随即将"柯桥机场模式"纳入全国邮政管理系统试点方案，并向全国邮管快递行业推广；而当地的柯桥区政府更为重视，经人代会确定，将其列入民生实事项目，并确定3000万财政扶持资金，给以最直接、最有力的支持。

如今，我虽已离职，但依然憧憬"山区电商物流服务村村通工程"项目完成后的美好情景：柯桥区8个山区镇街每个村都建起电商物流网点，每个镇街都建起物流中转站，山区物流服务网络实现全覆盖，柯桥区建成完整的城乡物流配送体系。我想，这对柯桥的经济社会，特别是山区人民来说，将带来更大的实惠与更多的便利。

有句古语："草鞋没样，边打边像"，是指打草鞋时没有供参照的样品，通常是边打边试，或边打边用手比量大小，不断进行修正调整，最后才逐渐成形。

就是说，无论你身处哪个领域，从事何种职业，只要朝着预定目标，一步一步坚定踏实地往前走，"草鞋"终究会打成好的模样；或许，你还会在某个不经意的瞬间，遇见星辰大海、鸟语花香……

2020年1月

今有所悟

凝望：中国香榧王
——千年榧王部落寻古探幽之一

退休以后，我围绕全球最古老的稽东香榧，连续作了三个月的考察调研，形成4篇系列文章，先后在《柯桥日报》、绍兴在线和浙江新闻发表。

又是金秋。我和同伴来到稽东香榧森林公园景区。陪同我们的镇综治办丁主任是景区所在村的驻村指导员，对这里的情况比较了解。他指着一棵苍老的巨树说：这就是全球最高寿的"中国香榧王"。

我连忙走向"榧王"——我要仔细瞧瞧这株全球最高寿"榧王"的特别之处。

树的下方建有一亭，书有"榧王亭"三个大字；树的近处立有一块介绍"榧王树"的牌子。上面写着：

有"中国香榧王"之称的榧王树，树龄长达1400余年。在2012年世界遗产申报时，中国科学院植物研究所现场钻孔电脑测试为1547年。茫茫历史长河，几经沧桑，相传盛唐至明末，百姓以此树作"榧神菩萨"供奉。其树冠高大无比，形如弥陀，其果又称佛果，据说其年产量最多采收过香榧18箩。

走到近前时，我被"榧王树"的霸气震撼了。香榧的"榧"，居然

全球最高寿的"中国香榧王"

是木字偏旁加一个"匪"字。我们的祖先太有才了。试想，如果没有"匪"一样的飞扬跋扈，它怎么能长到26.7米高？如果没有"匪"一样的桀骜不驯，它的树干树叉怎么可以扩张成460平方米的垂直遮荫面积？我感觉，站在"榧王树"下，如同身处大洋边上，感到自身的渺小。

榧树系第三纪孑遗植物，属国家二级保护植物，起源于距今大约一亿七千万年的中侏罗纪，最早记载可以追溯到公元前2世纪初的《尔雅》："结实大小如枣，其核长于橄榄，核有尖者不尖者，无棱而壳薄，其仁黄白色可生啖。"到了魏晋南北朝时期，香榧开始逐渐进入文人雅士的视野，这才有"一年种榧千年香，一代种榧百代凉"的谚语，才有王羲之与"无榧不醉酒"的传说，才有唐宰相李德裕"木之奇者，有稽山之海棠榧桧"的感叹，才有苏轼"彼美玉山果，桀为金盘玉"的诗作，也才逐渐形成"珍稀、吉祥、远古"的香榧文化理念。

凝望着这株巨树，虽然历经千年风雨侵蚀、周身长满了岁月的皱纹，却依然挺拔屹立，展示王者风范，难怪专家称之为"千年活化石"。

历尽沧桑的"榧王"树根部

据史料记载，植物王国里的寿星珙桐，树龄最长也不过800年左右，而眼前的这棵香榧树，已达到1500多年，差不多是珙桐树龄的二倍。

我将目光停留在一抹深绿与嫩绿交织的枝头上。这令我想起香榧的另外一个别称：三代果。有句俗语叫爷爷种树孙子收，要经三代人；另有一说，一代果实从开花、孕育到生长、成熟，要经历三个年头，第一年发芽分化，第二年开花结果，第三年果实成熟。抬头仰望枝头上的累累榧果，怀想千百年来日升月落的岁月流逝中，这三种生命状态交替轮回的场景，深为大自然的神奇而感叹，更为香榧历经岁月沧桑依然顽强生存而折服！

查阅《稽东镇志》，发现许多有关香榧民俗的表述。

由于香榧是三代果，有着长寿、健康和"传宗接代"的寓意。稽东地区婚宴仪式上常摆一盘染成红绿两色的香榧，最好是选用两颗并连的

"双联榧子"。有些地方还会用丝绒将红绿香榧绑在一起，以示"成双搭对"。婚宴结束后还有吵房（闹洞房）的民俗，其时洞房摆有两张八仙桌，桌上摊着红缎子，红缎子排着九盘喜果，其中一盘必定是香榧。闹洞房的客人若想吃上形美味好的香榧，必须说出一句与香榧有关又充满喜气的吉祥话，名曰"讨彩头"，如"香榧香，生出儿子当宰相"等。这些"讨彩头"的话大多蕴含新婚夫妇和睦连心、早生贵子、日后子孙满堂之意。

忽然想到马云。半个月前，马云在诸暨赵家认养了2棵被称为"榧后"的千年香榧古树。按照签约内容，马云每年将得到300斤香榧干果。他想代表浙江、代表中国，把香榧这种独一无二的坚果当作礼物送给包括国家元首在内的外国朋友。我知道，马云认养的2棵香榧树龄均在1200年以上。而稽东的这棵"榧王"，比马云认养的2棵"榧后"年长300来岁。这稽东"榧王"香榧的价值，应该不会低于赵家"榧后"的价值。

听说稽东镇政府正在办香榧文化旅游节，他们在这个节会上，按朝代命名的原则，启用隋榧、唐榧、宋榧等商标，并发起"2020拥抱市树、20家企业认养20株古香榧"活动。

或许，一些具有香榧情结的企业家得知这一消息后，会来稽东现场考察，然后认养这里的隋榧、唐榧、宋榧呢！

2020年9月

寻幽：会稽古榧群
——千年榧王部落寻古探幽之二

这里是柯桥、诸暨、嵊州三地交界之处，故有"一足踏三县"之说。绍兴市的古香榧林虽然分布在三个不同行政区域，但事实上就集中在龙塘岗周边这一地带，全国85％以上的香榧都集中在这里。

一走进稽东山千年香榧林景区，便感受到一种与别处不同的幽静与清香。这幽静，源于这里的高山峡谷；而这清香，则来自生长在这高山峡谷之上的香榧树。

沿着一条时隐时现的溪沟，我和同伴行走在古色古香、古韵犹存的石板路上。四周满是颜色幽深的岩石洞穴与形态各异的株株香榧树，它们经过成百上千年的岁月侵蚀，跌宕多

香榧林古道

成熟的香榧圣果

姿，呈现出最原生态的自然风貌，其态其形令人目不暇接，美不胜收。

稽东香榧生产历史悠久，已有上千年栽培史。香榧古时称"玉山果""圣果"，《尔雅》称榧为"柀"、《神农本草经》称"柀子"，《唐本草》才改称为"榧"。据调查统计，会稽山古香榧群所在的稽东境内，为古香榧树之密集分布区，树龄在500年至1000年以上的香榧古树比比皆是。

走在古色古香古韵犹存的石板路上，仿佛走进了"千年榧王部落"。

听到过许多关于香榧的传说。根据《稽东镇志》记载，稽东榧农认为古香榧的种子是由两位仙女从天庭偷来的。她俩向往人间生活，私下凡间，种植香榧，结果被天帝知道，令天兵天将将两位仙女处死，还挖出其眼珠弃之于她们栽培的香榧苗上。后来香榧结果，果壳上长有一对小眼睛，传说是仙女的眼睛变的。

当地还有香榧来自湘妃的传说。说是当年舜为了躲避丹朱的迫害，带着两位妃子避难于会稽山腹地，靠采集野果为生，得"三代果"，在会稽山广植。后来舜帝驾崩，两位妃子投湘江而殉，后人称她们为"湘妃"，她俩所种的"三代果"遂名香榧。

我们且行且谈，一路上行。忽见路的右侧有块牌子，走近一瞧，是龙塘岗。原来，这里便是会稽山的主峰，柯桥、诸暨、嵊州三地交界之处，故有"一足踏三县"之说。绍兴市的古香榧林虽然分布在三个不同的行政区域，但事实上就集中在龙塘岗周边这一地带，全国85%以上的香榧都集中在这里。虽然这三片古香榧林有着各自的特点，但大致的习性都是相同的，就如同一母所生的三房兄弟，虽然分家，但依然紧挨在母亲的身边，不分不离。

回首望，满目深绿，凝结了上亿年沧桑。我觉得，整个会稽山像是一个画框，近处的古树、野藤、鸣泉与远处的老屋、吠犬、炊烟，都成了画中的点睛之笔。这么想着、看着，心就慢慢沉入进去——我感到时间的流动，听到了历史的回响。

会稽山位于浙江省东北部，跨柯桥、嵊州、诸暨等县市区，南北长百余千米，东西宽约35千米，其间有36条溪流流经此地。大约在17000万年前，气候温暖、湿润，裸子植物开始繁盛，香榧在那时出现。但到180万年前第三纪时代末期，随着气候变迁，大量裸子植物开始衰退。正是在那时，"榧"选择了"会稽山脉"这张适宜它生存的"温床"。在漫长的岁月里，香榧藏在深山，越地先民发现了它，开始栽培榧树，选育榧树，嫁接栽培，逐渐形成了独特的部落，在古越大地上繁衍、传承……

在回返的路上，见到一株古榧，树冠高大，枝叶重叠，根系也十分发达，若隐若现。我不知这根系如何四处伸展，但我明白它们的生长牵系着几代、几十代人，它们的果子和福泽也让几代、几十代人享用并且延续。我想，这成片的千年榧林，应该能有效地减少水土流失。千年榧林，既是这里先民所创造的防止水土流失的良好生态系统，更是提供较高经济价值的山地利用系统。又想，正是因为拥有这样一个优良的山地利用系统，才构成了世界上独有的香榧生态区，才使得"千年榧王部落"得以生存发展并延续至今。

我的目光滑过静默的林子，恋恋不舍。

一株株香榧树、一片片香榧林离我远去，而我的心，似乎还留在那片历经千年岁月风霜、依然葱郁茂盛的古香榧群。我知道，我已经被这片充满野性与灵气的"千年榧王部落"深深地吸引了！

2020年9月

今
有
所
悟

铭记：全球重要农业文化遗产
——千年榧王部落寻古探幽之三

2013年5月29日，在日本石川县举行的全球重要农业文化遗产国际论坛会议上，绍兴会稽山古香榧群被认定为全球重要农业文化遗产保护试点单位。这是全球首个以山地经济林果为主要特征的农业文化遗产利用系统。

走进稽东会稽山千年香榧林景区，就能看到一块标志性石碑，上面书刻有"全球重要农业文化遗产绍兴会稽山古香榧群"字样，其下方

联合国粮农组织颁发的铭牌

悬挂联合国粮农组织颁发的铭牌，国家农业部颁给的铭牌亦赫然在列。

这是一个值得铭记的日子：2013年5月29日，在日本石川县举行的全球重要农业文化遗产国际论坛会议上，绍兴会稽山古香榧群被认定为全球重要农业文化遗产保护试点单位。这是全球首个以山地经济林果为主要特征的农业文化遗产利用系统。专家委员会对绍兴会稽山古香榧林给予了很高评价，认为古香榧群具有遗传资源保存和防止水土流失等重要生态功能，是古代良种选育和嫁接技术的活标本，对全球经济树种的种植发展具有重要的指导意义。

这是一个同样值得铭记的日子：2019年3月1日，《绍兴会稽山古香榧群保护规定》经浙江省十三届人大常委会第七次会议审议通过正式实施。这一保护规定将稽东镇的占岙、陈村、石岙、龙西片区列为古香榧群保护核心区。从此，作为绍兴市树的香榧上升到了地方性法规的范畴，为会稽山古香榧群撑起了法律保护伞。

我想到一个问题：同处会稽山的诸暨赵家，比稽东产量高、影响大，嵊州的谷来等地大力发展香榧，成效也很明显，为什么联合国颁发的铭牌不在诸暨，也不在嵊州，而是立在柯桥之稽东！我查找有关资料，并向从事林业和香榧管理工作的同志请教。原来，其根本原因在于一个"古"字——稽东香榧是全球古香榧的发源地：全球最古老的香榧树在此，全球最古老的"千年榧王部落"在此！

如果再形象一点，似乎还可以作如下表述：全球香榧主要在中国，中国香榧主要在浙江，浙江香榧主要集中在绍兴会稽山脉，而会稽山脉香榧的发源地在稽东。会稽山之稽东，100年以上的古榧树达2万多棵，500年以上的古榧树1000多棵，1000年以上的古榧树22棵；这里是古代香榧良种选育和嫁接技术的"活标本"，见证一方百姓世世代代与古香榧群相依相伴的生命感悟与生活智慧；这里是人与古香榧群联合创造的一道充满浓郁地域色彩的文化景观，是全球独一无二而又名符其实的世界农业文化遗产。

想起前不久去稽东考察的情景：稽东虽然自然环境优越，但目前香榧的知名度并不高，面临"新种植香榧产量大幅提升、古香榧发展受限"的困境，受到新生市场的冲击，急需亮剑突围；同时，稽东香榧因生长期长、树冠高大，增加了采摘成本，去年虽然推出香榧年轮价格指数，对100年以上树龄所产的古香榧实行分级销售，意在凸显古树香榧的品质和价值，但相关工作刚刚启动，大量挖掘古树香榧的文化价值、经济价值的工作亟需跟进。

应该如何做好香榧这篇大文章呢？

我从前不久参加的一次会议上找到了答案。稽东镇主要领导在会上提出了将稽东打造"七大高地"的目标：古香榧的核心保护地，高端古榧产品的原产地，香榧创新产品的孵化地，新生代香榧产地的产品深加工研发地，初级香榧果的集散地，香榧产品网红营销直播的外景地，国内绿色生态旅游的目的地。

从这位主要领导的话语中，我看到了他的底气。这种底气，来自他对镇情的了解与对榧农的关切，来自这块联合国粮农组织授予的全球重要农业文化遗产的铭牌——这是会稽山古香榧群申遗成功的象征性标志，也是稽东香榧崛起的最大底牌！

打造"七大高地"非一役之功，而是一项长期任务。但只要盯住目标，凝聚方方面面的力量，"七大高地"一定能够打造成功。我想，这"七大高地"建成之时，便是稽东"千年香榧"高端品牌真正打造成功之日，也是稽东香榧实现量价齐升，当地的榧农与榧企真正受益的时候。

2020年9月

创新：无榧不醉酒
——千年榧王部落寻古探幽之四

今
有
所
悟

王羲之定居会稽山阴时，常与朋友聚会喝酒。喝酒要有下酒料。王羲之喝酒，必须有香榧；只要有香榧，便置其他山珍海味于不顾。于是，留下了"无榧不醉酒"的佳话。

在稽东香榧文化旅游节开幕式上，有一幕特别引人注目：镇主要领导上台发布"无榧不醉酒"文创产品。他在发布中说：未来，兰亭文化旅游度假区和稽东镇将致力于将这款产品打造成为城市地标礼品，让

镇领导发布"无榧不醉酒"文创产品

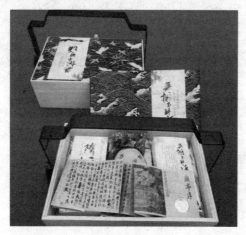

"无榧不醉酒"文创产品

它成为绍兴的又一张城市金名片，从而走向全国、走向海外，使稽东榧香飘得更高、更远。

打开礼盒，内有一瓶黄酒，两盒香榧，一幅王羲之兰亭序——这便是根据王羲之"无榧不醉酒"传说，经过精心包装设计的文创产品。

原来，东晋著名书法家王羲之除了吟诗作对、喝酒赏鹅之外，还喜欢香榧，并且有着一段充满雅趣的故事：王羲之定居会稽山阴时，常与朋友聚会喝酒。喝酒要有下酒料。王羲之喝酒，必须有香榧；只要有香榧，便置其他山珍海味于不顾。于是，留下了"无榧不醉酒"的佳话。

香榧有何特别之处，竟得书圣如此青睐？

我查阅相关资料，并询问当地榧农，感觉香榧与其他食物最大的特别之处，在于它的仙气与灵气。

香榧的仙气与酒有关，也与"榧王"树有关。李白有诗："欢言得所憩，美酒聊共挥。长歌吟松风，曲尽河星稀。"李白将酒的仙气带入诗词，影响了后人对酒的感官。而"榧王"树，被作为"榧种菩萨"供奉，其果实被称为"千年圣果"，与酒这仙气之物匹配，香榧毫不逊色。

香榧的"仙气"来自它的"灵气"。香榧被誉为"长寿树"，树龄最长可达上百年甚至上千年，作为如此长寿的树种及其树上的香榧，因带着岁月的沉淀，充满着灵气。

香榧的灵气，还表现在其长了一对"西施眼"。香榧作为坚果，原本要剥开它，"徒手"是困难的。但因为香榧的"西施眼"，只需要大拇指和食指按住两只"眼睛"轻轻一捏，壳就裂了缝，既方便又充满趣味。

除此之外，香榧在民间有"三生果"之称，被赞为"彼美玉山果，粲为金盘玉"。香榧果成熟时间长达29个月，如此长的成熟期，足以吸纳天地之精华，让其在一群坚果中"鹤立鸡群"。作为坚果中的贵族，香榧富含膳食纤维、易吸收脂肪、优质蛋白质等物质。香榧中脂肪酸和维生素E含量较高，经常食用有助于润泽肌肤。因此，香榧是家庭聚会、朋友相聚的健康零食首选。

难怪，书圣如此青睐香榧。

望着这款精心包装设计的文创产品，我想：书圣"作媒"，让国酒与市树成"姻"，形成绍兴名果、绍兴名酒与绍兴名人三合一的文创组合，"炒"制出一个绍兴独有的城市地标性礼品，这确实是一大创新。

我问镇里的主要领导：怎么想到这一创意的？

这位领导说，香榧树是绍兴的市树，也是全球少有的珍稀树种，作为香榧的主产区之一，稽东一直致力于香榧的保护和开发。通过文创产品的开发，来提升香榧的知名度和感召力，是一个重要途径。书圣王羲之曾留下"天下第一行书"《兰亭序》，也为我们留下了"无榧不醉酒"的美谈。兰亭序、香榧、黄酒，都是绍兴特色文化的代表，具备良好的感染力和传播力，此"三名"在"无榧不醉酒"的文化底蕴中相交相融，可谓相得益彰。"无榧不醉酒"作为一款高端产品，将引领香榧的品牌升级和渠道推广。

我发现，稽东香榧文化旅游节虽然结束了，但在这一节会上发布的"无榧不醉酒"等重磅新闻通过新华社、浙江新闻及市、区等媒体传播，已经受到消费者的广泛关注。我想，在不久的将来，兰亭度假区和稽东镇推出的这款城市地标礼品，将会成为绍兴的又一张城市金名片，从而走向全国、走向海外⋯⋯

2020年9月

第三辑　知行

"篁岭模式"最有价值的地方

　　"篁岭模式",走的是一条文化产业拉动之路,将篁岭打造成旅游基地和度假基地,最终成为村民家门口的就业"基地",并将村民变成篁岭文化产品的生产者、服务者与这一模式的最大受益者。

　　上周去江西婺源,看到被称为最美中国符号的"篁岭晒秋"景观。

　　篁岭是一个坐落在山崖上的村落,有着500多年的历史,房子依山

"篁岭晒秋"景观

而建，高高低低的石阶连着前屋与后屋，对面山坡上满是层层叠叠的梯田。其中最为养眼的，是这里极富农俗特色的"晒秋"：村落的屋顶铺满晒盘，火红的辣椒、金黄的菊花、橙色的玉米……五彩斑斓的农家晒秋与精致的徽派建筑相辉映，呈现出一片华丽浓郁的山村丰收图。据景点人员介绍，除了"晒秋"之外，这里还有春赏梯田花海、夏玩水街乐园、冬品乡村民俗，篁岭四季皆可入画，形成了一个以"晒秋图"为核心意象的"篁岭晒风光"系列。

望着晒秋美色与沉醉于晒秋美色中的如织游客，我想：一个坐落在山崖上的村落，何以成为全国著名的网红景点，吸引如此多的国内外游客？

我试图探寻一些"篁岭晒秋"背后的东西。

下山以后，见到篁岭景区入口的对面，有一片徽派建筑风格的三层楼房，这里既是村民的住宅区，也是景区民宿与饭店酒馆的聚集区。原来，这里便是篁岭新村。几年前，篁岭山上的村民全部下山搬进了这里的新居。

我与住宿房东聊天，与餐馆老板攀谈，然后绕村走访，逐渐，一个被称为"人下山""屋上山""貌还原"的"篁岭模式"，展现在我的眼前：

"人下山"——通过"以屋换屋"的形式，对村庄山上原建筑物进行全面产权收购，原住民统一安置，逐步搬离故居，迁入山下统一建造的楼房。

"屋上山"——吸纳社会资本，对山下缺乏保护的20多栋徽派古建，实施异地搬迁上山，集中开发运营，认养人拥有经营使用权，政府资产权属不变，将之打造成景区民宿古建的"压轴名片"。

"貌还原"——除了建新似旧、修旧如旧，保持原有村落建筑古貌，更通过内涵挖掘、文化灌注、活态演绎等方式凸显古村文化的"原真性"和民俗文化的"原味性",实现古村落文化、民俗文化及生态文化的完美融合。

这便是"篁岭模式":通过对村庄进行全面产权收购、搬迁安置的办法,使古村落建筑和古村文化得以保持,再加以修缮,最佳地呈现篁岭古村风貌。

我陷入沉思:"篁岭模式"可圈可点之处甚多,如通过市场经济杠杆进行产权收购、建设品牌乡村景点、"古徽建保护"以及"晒秋民俗传承"等等,这些皆为亮点。又觉得,这些亮点其实并不是最终落脚点。最终的落脚点,应该聚焦在当地的村民身上:村民有没有收获利益,有没有得到实惠,这种利益和实惠是否可持续?

"篁岭模式"的决策者很好地回答了这个问题。据住宿的篁岭房东介绍:现在村里所有人都有事可做。自2015年开业后,篁岭村人均年收入从3500元增长至4万元以上。

不难想像,决策者在开发篁岭景点的时候,定是要算账的,既要算经济效益账,也要算社会效益账,还会算当地政府的政绩账。但是,无论怎样算账,都不能忘记给当地老百姓算账:是不是有利于百姓的根本利益?有否将百姓的根本利益最大化?看来,"篁岭模式"决策者充分考虑到了这一点。他们采取企业与农户"共同入股、共同保护、共同开发、共同受益"的可持续共建模式,走文化产业拉动之路,将篁岭打造成旅游基地和度假基地,最终成为村民家门口的就业"基地",并将村民变成篁岭文化产品的生产者、服务者与这一模式的最大受益者。

这,才是"篁岭模式"最有价值的地方!

"篁岭模式"具有不可复制性,但我认为,这一模式所蕴含的民本思想并最终让村民可持续受益的理念,则是值得一些自然条件接近或相

今有所悟

256

似山村学习借鉴的。因为，坚持民本思想，方能可持续收益；而实现可持续收益，才会有强大的生命力！

2020年11月

我的江湖

　　江湖，其实就是社会，它应该是一种民间社会生活方式的统称。从这个层面上理解，人们所生活的环境，所从事的工作、所投身的事业，都是江湖。我们每个人都有自己的江湖，而区别在于：你是做自己生命中的主角，还是做别人生命中的看客。

　　在拿到退休证的那一刻，我告诉自己，45年的职业生涯结束了。我感到前所未有的轻松，又觉得应该做点什么。忽然，我的脑子里萌生出一个念头——我要自驾游江湖！

　　金秋时节，我邀好友驾车来到长江边上的洞庭湖畔。

　　据说最早的"江湖"，指的便是长江和洞庭湖，后来泛指自然界所有的江河湖海与自然美景。自从道家庄子提出"相濡以沫，不如相忘于江湖"之后，"江湖"一词逐渐抽象化，并带上了一丝神秘色彩，开始指那些高人隐士们隐居修行的地方；随着武侠小说的盛行，"江湖"又被指为古代侠客与草莽英雄们的活动范围；"江湖"还泛指古时不接受当权控制指挥和法律约束，而适性所为的社会环境。因此，"江湖"一词逐渐演变成较为多面或特定的用语。

　　该如何准确定义江湖呢？我一时找不到合适的答案。

我在岳阳楼前

　　我登上岳阳楼，俯瞰洞庭湖。

　　从地图上看，湖南三面皆山，北临长江。洞庭湖位于湘北的缺口处，一边将群山间发源的湘江、资江、沅江、澧水悉数揽入怀中，一边又通过松滋、太平、藕池、调弦四口，分流长江之水，最后由岳阳的城陵矶，一同汇入长江。正如范仲淹在《岳阳楼记》中描绘的"衔远山，吞长江，浩浩汤汤，横无际涯"。而此刻，更吸引我目光的，则是范仲淹在这一名篇中的另一名句："居庙堂之高，则忧其民；处江湖之远，则忧其君。"我想，在范仲淹眼里，"江湖"是用来指民间社会的，有与朝廷相对的意思："庙堂"指朝廷，或在朝、为官；"江湖"指民间，或在野、为民。

　　我更认同范仲淹对江湖的理解。

　　在我看来，江湖，其实就是社会，它应该是一种民间社会生活方式的统称。从这个层面上理解，人们所生活的环境，所从事的工作、所投身的事业，都是江湖。我们每个人都有自己的江湖，而区别在于：你是做自己生命中的主角，还是做别人生命中的看客。

我的"江湖"是怎样的呢？我问自己。

在我的职业生涯中，头20多年做的都是从属性工作，更多的是别人生命中的看客。2003年以后，我相继主持当地政法委和供销社工作，前后16年。这一时期，我有了相对独立的舞台，或者说有了自己的江湖。我是自己江湖的编剧，许多剧情由我自己编写、策划、导演，并不断有人作为配角或看客，加入到我的江湖之中。

如今，随着相继而来的退职与退休，我发现自己正在逐渐丢弃一些东西：忙碌、社交、人脉和关系，社会活动越来越少，更多的时间是与家人和亲友在一起，或者在书房读书、静思，在电脑前敲打键盘……

哦，我要告别江湖了！

想起以前在职的时候，总有做不完的工作，有些是必须完成的"规定动作"，有的完成了，有的难以完成又不能不完成；有些是自己想做的"自选动作"，却受方方面面的影响不能去做，或者不能由着自己的性子放手去做。曾经的江湖，乐在其中，烦在其中，忧虑于其中，也无奈于其中，更多的是身不由己；如今，随着退职与退休，我的世界没有了以往的喧闹和繁华，没有人管我的闲事，没有人对我评头论足，没有人干涉我的生活，也没有攀比，没有激烈的竞争，我将拥有更多属于自己的时间，我可以凭自己的意愿规划生活，从而遇见一个新的自己。如此，少了些热闹与繁华，却多了份寂静与安闲……

猛然发现，这不正是我一直以来觅而未得的状态吗——在自己的江湖里行走，活成自己想要的模样。

原来，我并没有离开江湖，而是正在进入一个新的真正属于自己的江湖。

我开始规划自己退休后的生活：

有一点事可做，不为挣钱获利，以不牺牲睡眠、不透支身体、不影响家庭和谐为前提，做自己喜欢又对自己、对家庭、对社会有益的事情。

有一个归宿，这归宿便是家庭。我的人生大事已经全部完成，有了两个可爱的外孙女，今后要用更多的时间陪伴家人，乐享天伦。

有一个规划，每年抽出二个月左右时间，与至爱亲朋外出旅游，用一半的空余时间思考和写作，写出生活里的琐碎温情，时常更新自己的微信公众号，并在有生之年整理成书。

······

汽车在高速公路上行驶，我从车窗观察前路的风景。向前看，视野是开阔的，风景也新奇独特。无意中扫过后视镜，却发现另一番风景：不断有车子赶上来，也不断有车子被甩在身后；路边的风景愈来愈远，经过的路次第消失，像是在历数自己的过去。

忽觉心中一动：我们的经历在追赶前方目标的路上积攒起来，却逐渐成为不被问津的盖满灰尘的人生档案；翻开这本档案，会发现自己的生命轨迹，其中有着无数喜悦、痛苦、遗憾与辛酸，有对不幸的记录，也有对成功的镌刻。在对过去档案的整理中，我找到了自信与欣慰——就像欣赏后视镜中的风景，熟悉而耐人寻味。

我似乎发现了人生真谛：人生就像开车一样——要时常看看后镜，从过去的江湖中找到自信与欣慰；但更多的还是要多看前窗，从中找到新的希望与目标，真正在自己的江湖里行走。

2020年11月

后记

刚刚，我办好退休手续，为自己的45年职业生涯划上了句号。

回顾自己的人生经历，从北国到南方，从公安到检察、从政法部门到党委部门，从做跟班秘书到当基层领导，从组织办案协调各类案件到接触企业从事经济管理，从为人子、为人兄弟，到为人夫、为人父亲，从家族中的晚辈到如今的长辈，从普通的读者到出版书籍的作者，其间经历了太多的人和事、机遇与挑战、委屈与喜悦、成功与失败。伴随着一次次心灵的碰撞，使我由感而知、而觉、而悟，逐渐养成了一种对人物、知识与信息进行综合、比较与演绎的能力，一种从感性到理性、由表及里、由实及虚与融会贯通的能力。我想把自己经历的事情和由此生发的心灵感悟写下来。起初，我只是写些只言片语，散见于我的日记、办案札记、女儿成长录以及偶尔发表的一些小文章之中。当我静下心来阅读先前这些真实生动却不够完整系统的文字，回望入职以来自己走过的路、接触的人、经历的事，我的内心产生了强烈的写作冲动。于是，我开始有计划地书写自己。

每天早上五点左右起床，伏案写作一个多小时；周末与节假空暇时间，几乎把全部精力用在写作上。沿着自己特有的心路，寻找自己灵魂里灵动的东西，寻找自身内在的完美风景。我将由此引发的触及灵魂的所感所悟，一篇一篇地写下来，取名"今有所悟"，在自己的微信公众号逐一发表……

这些感悟文字来自我的内心深处，源于我的亲身经历与感受，有的是渐渐的领悟，有的则是瞬间的开悟、顿悟。我将这些文字分类整理，形成我们、远方、知行三个辑子。

写作这些不同的人生感悟，使我对人生、对事物以及对世界的看法发生改变，也使我的内心更加充盈——在闲暇空余时间，我在自己丰盈的精神世界中遨游。

想起了一位哲人说过的一段话：所谓人生，是一明一暗的两条路：显见的那一条，与自然、社会、他人有关——四处奔波，辛勤劳作，希望改善世界一点点；另一条路则是隐蔽的，这是一条修心的路——看你的心如何被外物诱引，被名词欺骗，被情绪伤害，然后又被强大的觉醒所推动，去修复一切，得到一个明亮、圆满的心灵。

我的三辑人生感悟，便是这一明一暗两条路的交替：一方面，我与自然、社会、他人交流，走着显见的那一条路；另一方面，我在闲暇空余时间独处静思，走一条隐蔽的修心之路。我在感悟中觉醒，在觉醒中被一股无形的力量推动去修复自己的心灵，最终在自己的内心建造起一个既与社会自然和谐相处又相对独立的由我自己主宰的思想王国——这个王国是被我的心灵完全拥有的，栖居着一个不断丰富而生动的灵魂。

在本书的写作过程中，得到了家人的大力支持。兄长金钢亲自作序，女儿金莹则以《写给父亲的字》的独特形式抒发情感；严国庆、祝诚、叶百华等好友和女婿王晨晖为我积极谋划，并提出许多好的建议，在此表示衷心感谢！

作者

2020年12月于绍兴